虎紳士

Le Tigre Mondain

ジャン・フェリー

Jean Ferry

Préface
d'André Breton

序文——アンドレ・ブルトン

翻訳——生田耕作・松本完治

MMXXV KYÔTO
ÉDITIONS IRÈNE

目次

序文

アンドレ・ブルトン

人間は現在、自らが選んだ「キリスト教的」時代の第二の千年の節目を迎えつつあるが、日ごとに緩んでいく紐でこの時代と繋がっているにすぎず、その歩みは、かつて最初の千年に向かって踏み出したときと同じように、甚だ心もとないものだ。世界の終わりという同じような強迫観念が再び人間を捉え、彼の目の前では、もはやかつてのような宗教的信仰ではなく、科学的進歩に託した希望が徐々にそれに取って代わり、その希望の核心部に爆弾の導火線が発火している。このような危険を否定できると考えている人々、あるいは少なくとも個人的な方針として何事も起こらなかったかのようにふるまおうとしている人々、こうした人々も、どんな手段を使おうが、この不安がどうしようもなく彼らを深く捉えることを防ぐことはできないのだ。ジャン・フェリーの最も素晴らしい短篇のひとつにおいて、一人称で語る不安げな目撃者が表明するように、今日「われわれは皆、おそろしく不安定な均衡のなかにあり、それはごく些細なことでこわれかねないのだ」（訳注：「虎紳士」からの引用）というのは、疑いようのない真実である。よく知られた相反両義性《アンビヴァレンス》の法則によって次のようなことが起こる。すなわち、現実と見なされている空間と時間が、近い将来、崩壊する可能性が極めて高いというひそかな見通しが、定義上、手の届かない《聖なる》空間と時間を回復したいという欲求を最大限に高めるのであり、何世紀も前から、西洋においては抑圧されているとは言わぬまでも、内に秘められてきたあの二つの渇望、ミルチャ・エリアーデ氏[1]が《楽園へのノスタルジー》と《永遠へのノスタルジー》と名づけたあの渇望を、思うがまま解き放つのである。これらの絶望的な原因と、再燃するこれら執拗な渇望との葛藤から、現代に特有の戦慄が生まれるのだ。芸術はこの戦慄を記録することを役目としているのであり、芸術に求められるのは、虚空にあるものを一瞬ごとにとらえ、これを白熱した選別力のある金属板の上で分離することなのである。

かつてフロイトは《昇華》という言葉を口にしたが、ここで私は、それに比べて自分の語っていることについての認識をほとんど尊重せずに話しているわけではない。フロイトはその言葉にどんな意味を込めているのか、またこの言葉が彼の思想体系に矛盾をきたすのではないか、といったことについて正確に知るのが困難だったにもかかわらず、この言葉は私たちから安堵の吐息を引き出したものである。それはともかく――すべてが否応なく悪い結果に向かう未知のジャングルから逃れ出た――ある種の精神的能力の持主は、観察者の目にも留まらず、己れの記憶をも逃れるほど迅速な《回復》を通じて、ある場所に到達することができる。そこで彼らは、自分たちに手を広げていたであろう狂気や罪にたいして多少なりとも免疫を持つばかりでなく、彼ら自身見張りとなって、当事者の肉体の脈をはかり、絶対に間違いのない耳をもって聴診する。ジャン・フェリーは、そうした能力を持つ一人なのだ。

彼が占めている立場、つまり世界の新しい次元を表現することを意識した、その結果として先駆者に負うものをほとんど受け入れることができない芸術家の立場は、現代の悲痛な様相を表現し、凝縮している。

かつて私は、《暗黒小説《ロマン・ノワール》》こそ、十八世紀末に封建制度を揺るがした革命的な衝撃の成果であり、稲妻や地下道や亡霊などといった道具立てが、当時の重大な感情的問題を具体化し、新しい秩序の確立によって呼び覚まされた高揚と、古い秩序の崩壊によって引き起こされた恐怖とを伝える以外の目的を持たないと断言したわけだが、その際、英国人を相手にかなりの揉め事を引き起こしたものだ。[2] しかし私は、文学史全体がこのような観点から、つまり、歴史自体が《事実》以上に精神的な真相の象徴を伝えているという、今日では極めて異端的な観点と一致させることを条件として、全面的に書き直されなければならないと考えている。ジャン・フェリーは、ヒロシマが私たちの意識の中に作り出した不気味な雲の滞留について書いている。

1　ミルチャ・エリアーデ『宗教学概論』
2　「シュルレアリスムの非国境的境界」参照（一九三八年六月、N・R・F刊）

このような状況では、ご想像のとおり、ここでは気を滅入らせるようなテーマが、他のテーマよりも一見すると優勢である。心が折れそうな共通の理由に事欠かない以上、私たち自身が責任を負うしかないのである。昨日ではなく今日、最も霊感に満ちた作家のひとりであるマルコム・ド・シャザル（訳注：モーリシャス島に居住する神秘的詩文家）は、その理由のひとつを、力強く強調している。「フランスの思想は今や行き詰っている。デカルト以来、フランスの思想には二つの道が開かれていた。二つの道とは理性と直観である。フランス人たちは理性の方を選び、それを徹底的に発展させた。そしてそれによって、彼らは今日の科学的世界を準備したのだ。かくして彼らは、近代の偉大な先駆者であり、羊小屋において、神格化された原子を物質的に肉交させて実体変化させるという、羊の群れの羊飼いである。原子爆弾は、最初の胎児として、デカルトの頭脳に生まれたのである」[3]。戦争が終わったときのように、国家と国民の罪過の問題が多少の厳しさと善意をもって浮上したばかりであり、この問題は、たとえ一旦は衰えるにしても、罪過にまつわる強迫観念を存続させるという情熱を引き起こし（現にこれらの情熱は、ある者によれば米国に、またある者によればロシアに起因する過ちを絶えず思い起こすことによって、新たに燃え上がろうとしている）、実際に知識人たちが、この混乱の本当の――持続的な――原因を過去に遡って追求しようとするのは望ましいことであろう。そうすれば、少なくとも議論をもう少し高い次元に持っていけるという利点があるだろう。さしあたっては、躓きの石が日に日に増大しているとはっきり言わざるを得ないわけだ。つい昨日のこと、私はブルターニュの旅亭《オーベルジュ》に泊まっていて、奇妙なことに《旅亭《オーベルジュ》》とはどういうものかを初めて学ぶところがあったので、先述の件を検証するのにかなり具合の良い場所にいると思ったのである（ランボーは旅亭《オーベルジュ》についていかにも神秘的な口調で語っている「けっして緑の旅亭《オーベルジュ》が……」（訳注：『渇きの喜劇』第四節「あわれな夢」のなかの詩句）。森の真っ只中の実にいい場所にあるその宿舎は、旅行代理店でさえ推奨するほど、ベッドもテーブルも上物で、おまけに部屋の鍵も食器一式も、特に苦労した様子もなく毎日ピカピカに磨かれていたが、私が眼にして驚くほど素晴らしく感じたのは、ありとあらゆるジプシーや放浪者など、時には《見苦しくない》とはどうにも言いかねる恰好をした人たちが、車でやってくる客たちと変わることのない丁重さと敬意を込めて迎えられているということだった。蔦がからまり、燕が絶えずとまりにやって来るこの屋根の下で、彼らは束の間、あらゆることから逃れて、我が家にいるような思いをするのだ。昨夜も、いかにも野性的で誇らしげなカップルを見かけたが、男の方は――彼は出かけるときに四リーブルのパンを用意させていた――恐ろしく継ぎ接ぎだらけの帽子の下で、どことなく放心したような様子であり、女の方はずっと小柄で、ちょっと滑稽なほど太っていたが、けがれのない眼差しで空を見上げていた。二人はまったく一体となっていて、貧しさなど少しも感じなくなっているようだった（彼らは数日前に結婚したという話だった）。つまり彼らは、またもや旅に出る前に、『日蔭者ジュード』（訳注：一八九五年作のトーマス・ハーディの長篇小説で教会組織から激しい非難を浴びた。ブルトンの愛読書として知られる）の光に導かれて、束の間、戸口でじっと立ち尽くしていたのである。

彼らが通り過ぎて行ったとき、私はイラスト付き新聞のひとつをぱらぱらとめくっているところだったが、この種の新聞がやたらに増えたことは、現代の災厄のひとつだと言えなくもない。この新聞の時事ニュースは、「パリ大司教の玉座における、聖ドニの第百三十五代目の後継者であるらしい」F…氏の私生活に読者を取り込んでいく口実を与えていたのだ。実はその夜、この興味深い人物について読んだのは二度目であって——私が週刊誌に飢えていると思った人が、たっぷりと気前よく週刊誌を提供してくれたわけだが——私はすでに、彼がレジスタンスで頭角を現したわけでもないのに、かつて神学校のサッカーチームで最高の《シュータ—》であったことを知っていたし、占領下の時代には、《労働する司祭》という極めて健全なアイディアの主唱者となり、それを実践し続けたことも知っていた。その問題の雑誌には、記事のあいだに様々な写真が掲載されていた。F…の恐ろしく感じの悪い顔写真、その下に「我は忠実なる神の僕《しもべ》」というねばつくような標語を刻んだ《紋章》、アメジストの指輪で——誇張したいかのように——飾られた彼の手の写真、彼の司教冠と司教杖の写真、杖はねじを外して五つの部分に分けて撮られ、さらには召使いたちの写真、そして最後は、《秘密扉》から入るようになっている彼の私的な礼拝堂の写真（その扉はごく秘密にされているので、彼は扉を開けたまま写真を撮らせたのだ）。私は思うのだが、そのとき私の目に飛び込んできた表象を、二つのカテゴリー、つまり、どこが神聖で、どこが世俗的なのか、どこが偉大で、どこが本当に惨めなのかを問うことすら、ほとんど何の値打ちもないのである。

《この魅力的な若者》（たぶん当人が親切心から貸したと思われるもう一枚の写真は、彼が《独身生活をやめた》ことを示している）は、現在のパリ大司教である。そして一方、あの我を忘れたカップルは、ここからちょっと先を、犬どもの吠え声に追われながら歩いているのだ。今日、人間に対して加えられているあらゆる蛮行の中でも、最も許し難いものは、（正義、民主主義、平和、自由）といった理想を伝える言葉の意味を組織的に歪曲し、変質させていくことであり、さらにそこに、人間に重くのしかかり、ずっと前から人間の思考に沁みついてきた誤った歩みに内在するあらゆる呪いが加えられている。そうした蛮行や呪いに比べれば、インドシナの追いはぎだとか、マダガスカルの山賊とかいったものは、エピナル版画（訳注：道徳的宗教版画）の余白に描きこまれる程度のものにすぎないのである。あなたも同感だろう、ジャン・フェリーよ。私たちにとって、躓きの石とは何かについて、私は直接的で具体的な概観を人間に付与したかったのだ。

この物語集によって露わになった現在の人間の不幸の広がりを、いささかも弱め和らげることなくはっきり見定めることによって、はじめて人々は、作者が差し向ける訴えの重要性を推し量ることができ、今日、それでもなお己れのうちに見出し得る存在理由のいくつかを明らかにすることができるのである。

これら約二十篇の作品に最も一貫しているのは、道を失った人間への関心である。人はひとりぼっちであり、船は予告もなく出て行ってしまっており、船客はどことも知れずにばらばらになってしまっている。夜になれば人々であふれると予告されてはいるものの、島には人かげもない。ここではもはや、人間ではなく、大地が移動するのである。感覚的世界は、これまで人間がごく稀れにしか出会うことのなかった様々な落とし穴が、見渡す限り、果てまで仕掛けられている。「あなたは暗闇の中で、存在しない階段の最後の踏み板に足を踏み入れたことがありますか？　その瞬間の究極の狼狽を感じたことがあるでしょう？……まあ、この国では、いつもそんな具合です。ここにある物質自体は、階段から欠けている踏み板と同じものでできています」（訳注：「見知らぬ人への手紙」からの引用）。熱病のような所有と破壊の欲望にとり憑かれたジンギス・ハーンは、この地球の円さのせいで、ついには己れ自身を否定し、永久に草の枯れ果てた自分の領地を攻撃するという危険に身をさらすのである（訳注：「散歩の目的地」参照）。自分がどこからやって来たかを知り得ないばかりではない。誰から生まれたかも知り得ないのである（訳注：「幼少期の記憶」参照）。いずれにせよ、自分を生んだという――誰が生んだのか？――両親とされる人物と彼とは何ら共通点がないのだ。むしろ自分の気まぐれと心情に従って、何か系図のようなものを作り上げた方がましなのだが、もし両親と目される彼らがそんなものを受け入れないとすればどうなるだろう？（人はこのような場合に、子供の根本的な異議申し立てと権利要求の一つがとめどなく表明されるのを目にする。つまりこの子供は、ふつう言われるような子供とは別種のものであって、いわば誘拐の犠牲者なのだ。ぞっとされるのは勝手だが、今や私たちはこのような状況に立ち到っている。つまり今度は、両親の方が子供たちによって《認知》されなくなっているのだ）。重要なのは、今や人間が、自分に直接先立つ時間のなかで、道を失っているということだ。――そのことを映し直せば、人間がその後に続く時間のなかにおいても、道を見失っているということを、証拠立てることに他ならないのである。このような極度の心理的な窮迫状態にあって、人々は震えるように立ち現れる高揚したメッセージを捉えるようなことがある。そのあからさまな内容は直接人々に関わっていないけれども、それは私たちを立ち直らせる力を備えている。人々をしばし外部世界へ引き戻すような支障が生じたとしても、再び耳をすませば、このメッセージの別の断片を聞き取ることができるだろう。だが、この断片と先の断片とをつなぎ合わせることができず、物語の結節点が失われるのだ。つまり、フィクションの糸がまさに人々の人生の糸と交差する地点で、その意味を引き出すことを可能にするリールが永遠に失われているのだ。列車の機関士は、あらゆる駅を無視して突っ走ってゆく（訳注：「機関士」参照）。走行中に降りられないのは明らかだ。どんな手段を弄しても無駄であり、この方がはるかに簡単だ。つまり、誰も降りはしないのである。警報音はまったくのごまかしだ。誕生から死にいたるこの旅の意味は見失われているのだ。「中国の占星学者は、自分の死ぬ日を計算することに生涯を費やした」（訳注：「中国の占星学者」参照）。現代のロビンソンは、様々な創意工夫を放擲し、もはやただ《濃密で深い眠り》しか望まないのである（訳注：「ロビンソン」参照）。

ジャン・フェリーにおけるユーモアの大きな源泉のひとつは、彼が好んで示す疲労というやつで、[4] この疲労が、機会あるごとに舞台に立ち現れ、その効果を誇張するために、エネルギーの尽きせぬさまを私たちの眼前で繰り広げるのである。疲労というやつは、彼にとって驚くべきスプリング・ボードであり、これは私に、三十年ほど前、オランピア座で『しぼむ男』（訳注：一九二二年四月開演）というだしもので観た二人の《とっぴな男》の芸を思い起こさせる。彼らは家を建てる石工の役を演じているのだが、結局ひとつも石を積み上げられず、彼らのひとりがいつももうひとりの体を起こして立たせなければならなかった。というのも、もうひとりは放っておくと、虚ろな目をしてすぐにゆっくりと旋回し始め、徐々に身をかがめていき、ついには服の厚みしか残らないほど、完全に地面に平らになってしまうからだ。私はあの時以来、これ以上どうしようもない滑稽さと不安に満ちた光景を観たことがない。私は思うのだが、ジャン・フェリーにおいても、この二人のキャラクターが密接に結びついている。それどころか、彼らは同じく次のような共通する詞書きを持っているのだ。《ジャン・フェリー――あらゆる種類のシナリオ製作――迅速かつ丁寧な仕事――専門は心理的構築――選り抜きのパラドックス、大胆な発想など――強烈にして人間的な主題、常時在庫あり――詩的な細部、ご注文に応ず――ユーモアの薬味、ご希望次第》。「普段よりはるかに疲れ果て」（訳注：「ゴミ収集業者のストライキ」からの引用）、ジャン・フェリー二世を見失うことなく、ジャン・フェリー一世は、何年もかけて、レーモン・ルーセルによって提出された謎を解読するというこの上なく困難な仕事に身を捧げることができたし、今はまた『機関士』その他物語によって、小さな旗頭を正式に屋根に立てた家を私たちに示すことができるのだ。

---

4 『荷物を持った旅人』、『わが水族館』、『ゴミ収集業者のストライキ』参照。

分身という着想――共に生活しなければならぬ侵入者とか寄生者という着想は、どの作品にもかなり執拗なかたちで表出されている。この分身は極めて生命力旺盛な何者かである。「そしてこの野郎の喰うことといったら！　私はたいてい朝食にクリーム入りコーヒーとクロワッサンしか摂っていなかったのに、こいつは現実の人間の四人前の量を平らげていたのです」（訳注：「荷物を持った旅人」からの引用）。彼は様々に姿を変えながら、大胆にも缶詰の空き缶を差し出して施しを求めるといったことまでやってのける。「彼は私たちの汚物溜めからゴミを拾い上げて非常に入念に身繕いをしていた…」（訳注：「ゴミ収集業者のストライキ」からの引用）。あるいはまた、函の中に閉じ込められた小さな生き物たちに場を譲る。この函の持主は、その生き物たちを育てることを余儀なくされていながらも、彼らが自分に最悪の計画を企てていることを承知しているのだ。あらゆる手段を使って、函を処分（それを荷物にして発送したり、シャベルで取り除いたり）することがもっぱら問題となる。少なくとも突然の攻撃から（函を大理石の天板の引き出しに閉じ込めるなどして）身を守ることが問題なのだ（訳注：「わが水族館」参照）。このテーマがユーモアの機会を提供するとしても、疲労が悲劇と見なされていることに疑いの余地はない。この点について、紛れもない特質があちこちで表出されている。「五百キロもある車輪形のグリュイエルチーズの中心部に閉じ込められた気泡の中には、とんでもない深い闇が支配しているに違いない！」（訳注：「石膏の境目で」からの引用）。睡眠は、それ自体のために意図的に大切にされており、通常その目的とされる元気回復とか休息とかいった考えからは狂信的に切り離されている。ペシミズムが全面的に君臨しているのだ。ジャン・フェリーは、夢を表層的な段階に限定しているものの、睡眠を台無しにするのは夢だけなのだ。彼が讃えるのは「利用できない睡眠であり、人間を宇宙的に世界の真の位置に置く睡眠」（訳注：「石膏の境目で」からの引用）である。ジャック・リゴー以来、人々はこれほど厳しいもの、これほど星の光さえないものを、かつて耳にしたことがなかった。彼はさらに言う。「もし教会が、睡眠を少し低く位置づけるのではなく、睡眠の放棄を最高の禁欲として位置づけていたら、世界はもはや広大な礼拝堂以外の何ものでもなかっただろう」（訳注：「石膏の境目で」からの引用）。この点で、繰り返しになるが——それだけの価値があるのだ——私は次のことを指摘しておこう。すなわちスタハノフ主義（訳注：一九三五年、炭鉱夫スタハノフがノルマの十四倍を採炭したことから生じた生産性向上運動）的なスターリニズムは、まさしくこうした戒めを利用しようとして、睡眠にたいする科学的な闘いを企て、《この無用な贅沢》（この興味深いニュースを私たちに伝えた『ユマニテ』紙の用語だ）をいつの日か普遍的に排除するような発見を人々に期待させたのである。

このように言ってみると、道を失ったという感覚は、たとえそれがいかに危機的なものであったとしても、人を絶望のどん底に陥らせるような感覚とは——まったく——違うのではないだろうか？　なぜなら、それはまさに本能的に、どうすれば取り戻せるかという疑問を促すからだ。心の目線からすれば、はるかに絶望的であるのは、人類に課せられた現状を受け入れ、たとえ流れが断ち切られていても、《すべては通常どおりである》と自らを納得させている無数の同時代人の場合である。作者は極めて慎重に留保を示してはいるものの、破壊転覆への彼の嗜好は、常に彼を最大限自由な状態に置いているばかりではない。夢や驚異や愛の領域に属するいっさいのものに、彼が絶えず最も強い関心を抱き続けていることは明らかなのである。

この破壊転覆への欲求こそ、人間全般を家畜化する趨勢に対抗する個人的な反抗を最大限に発揮し得るものであり、今日こうした作品が極めて稀れになっているだけに、私としては、こういう欲求に強く刺激された作品に、これまで以上の敬意をはらいたい。もちろん、破壊転覆のために投入される手段が、それにふさわしい高さにあることが当然の条件であって、もしそれらが貧寒なものであれば、この企てを台無しにしてしまうのである。現在、《革命的》思想が、まさにそれを独占していると主張する連中によって扼殺されようとしており、連中は革命的思想を決して違反できぬ規則に従属させて、その推進力を阻害し、腐敗させていくという歴史的な機会に直面している。いかなる程度においてもこうした思想と関わりのない連中が、私たちが生きているこの奇妙な時代に、かなりの物質的利益を見出していて、それらをこれ見よがしに身につけているさまを確実に目の当たりにする始末なのだ。こういった事態を前にしたとき、特に芸術の分野で実践されている破壊転覆は、常に新たな力の大いなる宝庫であり、これだけが今日、あらゆるかたちの不条理や無気力や不正に対する人間の抗議をすみずみまで体現していると主張できるのである。いつの日か、この作品のように、いっさいの桎梏から解放された作品のうちに、人間の状況をその根本において再調整する原理を人々は探求するようになるだろう。そのような原理は、二十世紀のこの第二四半期においては、他のどこにも見られないものである。私は思うのだが――この究極的な覚醒をこれまで信ずることをやめなかったし――そればかりか、それはかなり間近なことだと考えている。この覚醒は、慧眼の士や正しき人々が――最前線の狙撃兵として――どこに存在していたのか、そして欲得ずくの連中や人間の大義にたいする裏切者がどこに潜んでいたのかを、はっきり示してくれるだろう。

ジャン・フェリーは、夢を睡眠から追放しようとしているが、だからといって、彼が夢を常に軽視しているわけではない。レーモン・ルーセルは、ジュール・ヴェルヌとカミーユ・フラマリオン（訳注：フランスの天文学者）によって天国に案内されたわけだが、彼は「自分の思考が、かつて自分の本を書くためにもたらされた困難な道を、今では苦もなくたどっていることに気づいた……これからは、外の世界が彼の世界と照応するようになるのだ」（訳注：「天国のレーモン・ルーセル」からの引用)。ジャリも、ジャン・フェリーと同様、あらゆることを執拗に懐疑する人物だが、その死の直前に、ラシルドに宛てた手紙のなかで、次のような考えを表明している。《腐敗分解中の脳は死後も機能し続ける。この脳が見る夢こそ天国に他ならない》(訳注:一九〇六年五月二十八日付ラヴァルから発信の手紙文)。つまり夢は、どちらにせよ、ある意味、人間の生を乗り超える例外的な力を付与されているのだ。ここには、夢がいわゆる現世にたいして為し得る償いだという考えがある。それゆえに、あらゆる手段を使って、そればかりか最も《困難な》手段によって、できる限りのことを表現できるようなかたちで、夢を培うよう促すべきなのだ。さらにまた、ジャン・フェリーをして可能ならしめているもの、すなわち彼が、これほどまでに多くの異質な登場人物を相手に、思いがけないものなど何ひとつ残らないほど、次々と彼らと一体化し、あるいは、決して知ることのないような場所や環境に完全に方向づけられた自分自身を示すことができるのは、夢の力によるものに他ならず、そうでなければいったい何だというのだろう?

《驚異》というものを否定し、またそのようなものを考慮に入れるべきではないとする努力がどれほど重ねられてきたとしても(「あきらめてはいけない。だが、そうするには膨大な量の作業が必要だ」)、この《驚異》と日常生活との交流《コミュニカシオン》を妨げているのは、ただひとつの堰《せき》だけなのであって、しかもその堰が日に日に不安定な状態になっていることは今やはっきりと認めなければならない。事実、今や人々は、実生活の様々な要請にぴったりと適応する閉鎖したシステムのなかで、窒息死しかかっているのだ。しかもこのシステムは、いたるところで亀裂を生じ始めている。いったいどこへ逃れればよいのだろう？　習い覚えたいっさいの概念に対する《絶対の懐疑》という態度、あらゆる慣習的意見に対する《絶対の隔離》という態度、これらはシャルル・フーリエがはっきりと推奨しているものだが、仮にこういう態度が一般に普及していないとしても、少なくともそれは、まったく異なる道を辿った詩人たち（ランボー、クロ、ヌーヴォー、ロートレアモン、ジャリ、ルーセル）から、測り知れない支持と助けを受けており、現代の感受性がこのような態度を刻み込んでいるのは否定できないのである。《真の生の欠如》（訳注：ランボーの『地獄の季節』の「錯乱Ｉ」にある詩句）という観念から、芸術のいかなる要素も私たちを取り巻く世界から奪ってはならないという観念にいたるまで、これら観念の構造の大部分はいまだ闇の中にあり、何世紀も前に私たちが間違った方向へ歩んだ結果、私たちはその闇へ近づけなくなっていることが了解されるのである。しかし、もし私たちがこの歩みを引き返すならば、再び扉を見つけることができ、同時に私たちが見ているものと私たちから隠されているものが、同じ眩い光の中で明らかにされるだろう。サン＝ティヴ・ダルヴェードル（訳注：ブルトンが愛読しその思想を再三賞揚した十九世紀フランスの隠秘学者）は、その最後の著作[5]において、次のように揺るぎなく主張している。つまり、パラデサというある結社――ほぼ二千万人の会員がいる――は、地の奥底で、これまで考えられたいっさいのことや、地球上で起こったことすべての知識を保持しているというのである。また地球の内部は、この結社の細心の注意によって、自然的及び超自然的な角度から体系的に探索されており、さらにまたこの結社は、世界言語を所有しているのだ。彼は次のように書いている。「パラデサの大学の本来のアーカイブは数千キロメートルに及ぶ規模だ……。過去の様々な生活サイクルに関する無数の蔵書は、古代の南極大陸をのみ込んだ海の下や、大洪水以前の古代アメリカの様々な地下建造物のなかでも発見されている……。読者は、地球のほぼすべての地域を貫いて地下に張り巡らされている巨大な碁盤の目を想像していただきたい……。（そこでは）すべては語り、すべては意味を持ち、虫けらから太陽に至るまで、あらゆる物質を焼き尽くす地下の火から、あらゆる本質を自らの中に吸収する天上の火に至るまで、すべてのものの名前が、その本性の象徴であるその形の中に、はっきりと目に見えるように刻み込まれている」。この失われた宝――おそらくすべての人々にとって失われたわけではない――は、それを託された少数者のものであって、冒瀆から何としてもそれを守り抜かなければならないという彼らの考えは、今日最も懐疑的な人々の心を打たずにはおかないのである。ジャック・ヴァシェの次の言葉が思い起こされる。「私の現在の夢は、オーストラリアで、何の目的もない中国人の秘密結社の一員になることだ」（訳注：一九一六年十月十一日付手紙）。何の目的もない。ジャン・フェリーは、ある種の自己防衛手段から、その性質をさらに一歩先へ進めていく。「秘密の保持をその目的としているようなものは、ずっと以前から、もはや誰にとっても神秘ではないのだ」（訳注：「カフカあるいは《秘密結社》」からの引用）。これについて、秘儀伝授的な概念の支持者は、問題となっている実際の秘密が、一般大衆が考えているように、儀式や認識の手段を隠すことに存在するはずがないと答えるのは簡単だろう。なぜならそれは《純粋に内的な領域に属する》ものであって、それゆえに、《いかなる方法によっても表出され得ない》[6]ものであるからだ。この最後の観察は、信者を恣意的に入会させることや、この種のあらゆる組織が官僚主義的な腐敗に陥るリスクに関して、ジャン・フェリーがカフカを通じて表明した重大な留保を決して損なうものではない。ここでは、驚異なるものがその領域を認識したいという誘惑に直面し、その信任状を求めてその領域に歩を進めたという事実に変わりはないのである。必要に応じて「つつましやかな勤め人といった風体の小男、顔色の冴えない疲れた眼つきの小男」（訳注：「虎紳士」からの引用）（気づかれずに看過されるあらゆるもの）の姿を借りた不可思議な存在、だが、

5　『ヨーロッパにおけるインドの使命』
6　ルネ・ゲノン『秘儀伝授に関する考察』参照

知力と意志を兼ね備えた存在がそこにいるという感覚こそ、この物語集の中で最も衝撃的な短篇を支える巨大な梃子《てこ》であって、私はこの作品が最初に発表された際、ためらうことなく傑作[7]として敬意を表明したのだ。

著者の愛の概念が、おそらく最もはっきりと示されているのはこの短篇であり、この概念を《サド的》と評することに私はいささかも当惑を覚えない。ただ急いで付け加えておくが、私はこの形容詞にいささかも軽蔑的な意味を込めているわけではない。フロイトが示したように、サド的な気質は、様々な悪徳を生み出すと同時に、極端な几帳面さといった極めて現世的な美徳をも生み出すわけだが、それがジャン・フェリーの場合、絶えずリリスムを生み出すものとなっている。私たちが女性について持ち得る唯一の感覚が、性的魅力によって与えられるという意味で、ここで女性は宇宙の極のひとつと見なされている。この魅力の媒体として機能する女性の瞳は、あらゆる次元を超越しようとしているのだ（「鮮やかな緑色の両の瞳……、いつ果てるとも知れない瞳」）（訳注：幼少期の記憶」及び「荷物を持った旅人」からの引用）。そしてジャン・フェリーは、とりわけ母親として選んだこの大いなる空中ブランコ乗りを前にして（これは二重に危険なモチーフだ）、ユイスマンスの描いたキプリアヌス（訳注：三世紀カルタゴの司教でローマ皇帝の迫害によって殺された）と同じ熱狂を見出すのだ。「人々はその崇高なお尻が天に向かって昇っていくのを眺めながら、何かしら感動にときめいていた」（訳注：「幼少期の記憶」からの引用)。この魅力を高め、それを覆っているタブーから解放するためなら、どんな犠牲を払っても構わないし、この魅力の他に欲していた自由でさえ犠牲にすることを厭わないのだ。宮廷風の礼儀正しい愛と最も不謹慎な愛の境界で生じるような、サド侯爵の謎が、ここでは真正面から取り組まれ、何の曖昧さもなく解き明かされている。「サド侯爵は、仕事の邪魔をされたくなかったので、独房の扉がしっかりと閉まっているかどうか確かめに行った。扉は外側から二重の閂《かんぬき》で閉ざされていた。侯爵は典獄の厚意で取り付けてもらった室内の掛け金をかけると、さも安心して机に戻り、再び書き始めた」(訳注:「文学という立派な職業の失敗」からの引用)。

パンポン、一九四九年八月

7 「虎紳士」

虎紳士

［挿画　クロード・バラレ］

リラに

静まりかえった夜中、音一つしない私の部屋の中で、あの荒れ狂う嵐がいまだに猛烈に吹きすさんでいる夢が鮮明に蘇ってきて、私はハッとして目を覚ますのだった。今ではよほど間遠にこそなったが、それでもときどき、思わぬときに夢に見る。とにかく、嵐とか、浜辺という言葉をちょっと口にしただけでも、私の心にあの事件のことが何よりも強烈にくいこんできて、ついつい思い出してしまうのだった。あのとき起きたことを、ありのままに、そっくり文章に書いてみたい。思い出すのではなく、今でも、まざまざと目に見えているのだ。というのも、事件はいつでも目の前で、繰り返し再現されるからだ。

チャールズ・ディケンズ
『デヴィッド・コパフィールド』第55章より

通告

このテクストは、いつか印刷されて読まれることになるかもしれない。また、それが原稿のまま何年も引き出しの中で静かに眠っていると考えることも可能だろう。その家具の所有者が、ある日、忘れられたページをそこに残したまま、逃亡を余儀なくされるかもしれない。整理だんすが売れるという想像を誰が妨げるだろう？　そこで、新しい家に女中の部屋を備えたいと考える卸売業者がそれを購入する。そして女中が原稿を見つけて、ゴミと一緒に捨ててしまう。何物も無駄にしないように注意している卸売商人は、そのようにして財産を築いてきたので、女中を追い払い、原稿を回収し、梱包サービスに発送する。しわくちゃになった紙束は、アフリカの中央にある人里離れた海外交易所に向う荷物を密封するための詰め物として使用される――いずれにせよ、これはあり得ないことではない。荷物は、貨車、蒸気船、格納庫、艀、隊商《キャラヴァン》、荷運び人を経て、数か月後に受取人に到着する。受取り手は白人だ。彼は二十年前にフランスを出て、有力な鉱山会社のつつましい従業員になった。彼は長い間、この役に立たない部署の中で忘れ去られていた。周囲千キロ以内にヨーロッパ人はいないし、この男は黒いインゲン豆の巨大な袋の中心にある白いインゲン豆のように、黒人たちの真っただ中に埋もれている。荷物の到着がかなり遅い。男は老いている。最初に彼は、製氷機を注文したのだが、卸売商人は間違って最新のディクタフォン（訳注：主に手紙の口述を録音再生するテープレコーダー）を送ったのだ。白人の男は何もかもうんざりして、荷物に入っていた丸まった手つかずの原稿用紙の皺を無意識にのばしてまっすぐにする。彼には何もすることがなく、想像力もほとんどないため、まず最初にそのテクストを口述して録音し、次に二回目は逆にそれを書き取るのだった。そして彼は近在する黒人部族（一種の混血のボモンゴ族）の言語を完璧に話すので、この言葉で原稿の最初の翻訳を口述筆記したのだった。さらにのち、彼は死ぬのだが、彼に注目する者は誰もいなかった。藪がいっぱいにはびこってきて、彼の小屋を消し去った。長い間、原稿は赤アリに食われていた。

混血のボモンゴ族は強力な敵との戦いに突入し、新たな百年戦争が始まる。多くの戦闘のあと、ボモンゴ族の最後の生き残りは、今や消滅した種族の一人となり、森に避難することを余儀なくされる。ある嵐の夜、ジャガーに追われ、彼は白人の小屋に隠れることになるが、そこは大量に密生するジャングルの狭間にある、漠然としたおぼろげな泡のごとき空洞に過ぎなかった。そこで黒人はディクタフォンを発見する。偶然スイッチを入れ、読もうとするページのテクストを彼の言語で聞くのだった。

私はこの黒人のために書いている。

散歩の目的地

ジンギス・ハーンは、行軍の途中でメタリック山の最高峰に到達し、馬から降りると、馬に対して親しげに話しかけたと伝えられている。征服者は、まだ当時の慣習だったように、タタールの軍団のはるか先頭を騎行していたのだ。

馬と会話を始めるには、選んだ場所が悪かった。ニッケルの広大な断崖が突き出し、掠奪すべきバチカン宮殿がほとんど見分けがつかないほど、遠くにおぼろげな輪郭を描き、彼は青みを帯びて果てしなく傾斜する地平線上の鋼鉄の平原を見下ろしている。このメタリック山ほどその名前にぴったりな場所はないだろう。隣接する鋭峰に冠をかぶせたような火山は、一定の間隔で巨大な溶岩を噴き上げる。それらは沸騰した瀑布のように降りかかり、その火の溶岩流はアルミニウムの氷河の中で、すさまじいまでにシューという音響とともに消え失せていく。太陽は、赤銅の堆石の間で、黄味を帯びた赤ワインのようにきらきらと、目も眩むばかりの銀の刃の光を放つ。水銀の細流が直接亜鉛の土壌に鉛の小石の間を重たげに流れ、馬の両脚の間で分流している。馬は、とても寒いこの人里離れた高地でしか育たない稀少な鉄の藁を食べながら、夢見心地のような大きな瞳で主人の話を聞いていた。

突如、自分の企ての正当性や結末に確信が持てなくなったジンギス・ハーンは、人間に対する侮蔑の念を爆発させ、馬に助言を求めた。すべてを捨て去り、引き返して、おとなしく、毛むくじゃらの革のテントを持って、地下のネズミどもと一緒に、シベリヤの夜の端から端まで歩きながら、死を待つのは良くはないかと。とはいえ、馬はローマを見たかったのだと信じられている。おそらく彼はそこが馬に好意を寄せる国で、馬の一頭が、実際に束の間にせよ君臨したと想像していたのだろうと。しかし馬はそんなことを知るよしもない。だからこそ、馬は主人の劇的な問いに単純に答えた。《ずっと上《のぼ》っていきましょう、私どもは引き返すためにここまで来たわけではありません。冗談じゃありません！》。

ジンギス・ハーンは馬に話しかけるのが習慣だったが、いまだかつて馬の返事を聞いたことがなかったので、この奇跡に大いに感動して再び鞍に戻った。致命的な哀しみが突如彼の骨を凍らせた。なぜなら彼は、征服可能な土地のさらに向こう側に、青くて、香り高くて、肥沃な未知の土地があるに違いないと察したからだ。そこは渡ることのできない海の向こう側にある、絶対に行くことが不可能な土地だ。その土地をたとえ彼が我がものにしたとしても、彼は前進を続けなければならなかっただろう。そして、一部の人が主張しているように、地球が本当に円いなら、彼はすべてを征服したはずであり、かつての自分の馬（最初の馬はたぶん疲労や老衰でとっくの昔に死んでいるはずだから、あるいは別の馬）の足跡をたどって、彼が最初に征服したものを攻撃して、自らを滅ぼすべきなのだろうか？

ジンギス・ハーンは馬の向きを変えたかったのだが、馬には理由《わけ》があり、頑強に西方を向いたまま動こうとしない。真紅の照り返しと墨色に覆われた空の下で、人間と動物は長い間、沈黙のうちに闘っていた。しかも、ちょうど出発の時間だ。反対側の地平線では、すでに軍の先鋒が傾く陽光を浴びて燦めいている。彼らが騎乗する小さな毛むくじゃらの怪物たちは、ジンギス・ハーンが骨を砕かれたように感じたほど、彼らの目の前であまりにも大きな力を投影していた。馬は上体を起こして吠え、右の前脚を上げ下げして、成果のある次の大量虐殺への道程《ルート》を指し示し、そうして再び出発しようとしたのだ。

この闘争は、今でも山頂に四角形の深く窪んだ足跡として残されており、各々の基点に馬の蹄鉄の痕跡をとどめている。すなわち馬は、乗り手に屈服するよりも、むしろ地面に少しずつ脚を埋める方を選んだのだ。今やこの痕跡を何者が残したのか誰も知らない。羊飼いたちはこれを妖精たちのものだと言う（そのまったく逆を考える者もいたが）。森林監視員らは、毎年その痕跡のへりを復活させるため細心の注意を払っている。なぜなら、観光客の好奇心をかき立てるためだ。そこはこの国の人々にとって、散歩の目的地となっている。

《ヴァルディヴィア》号に乗船して

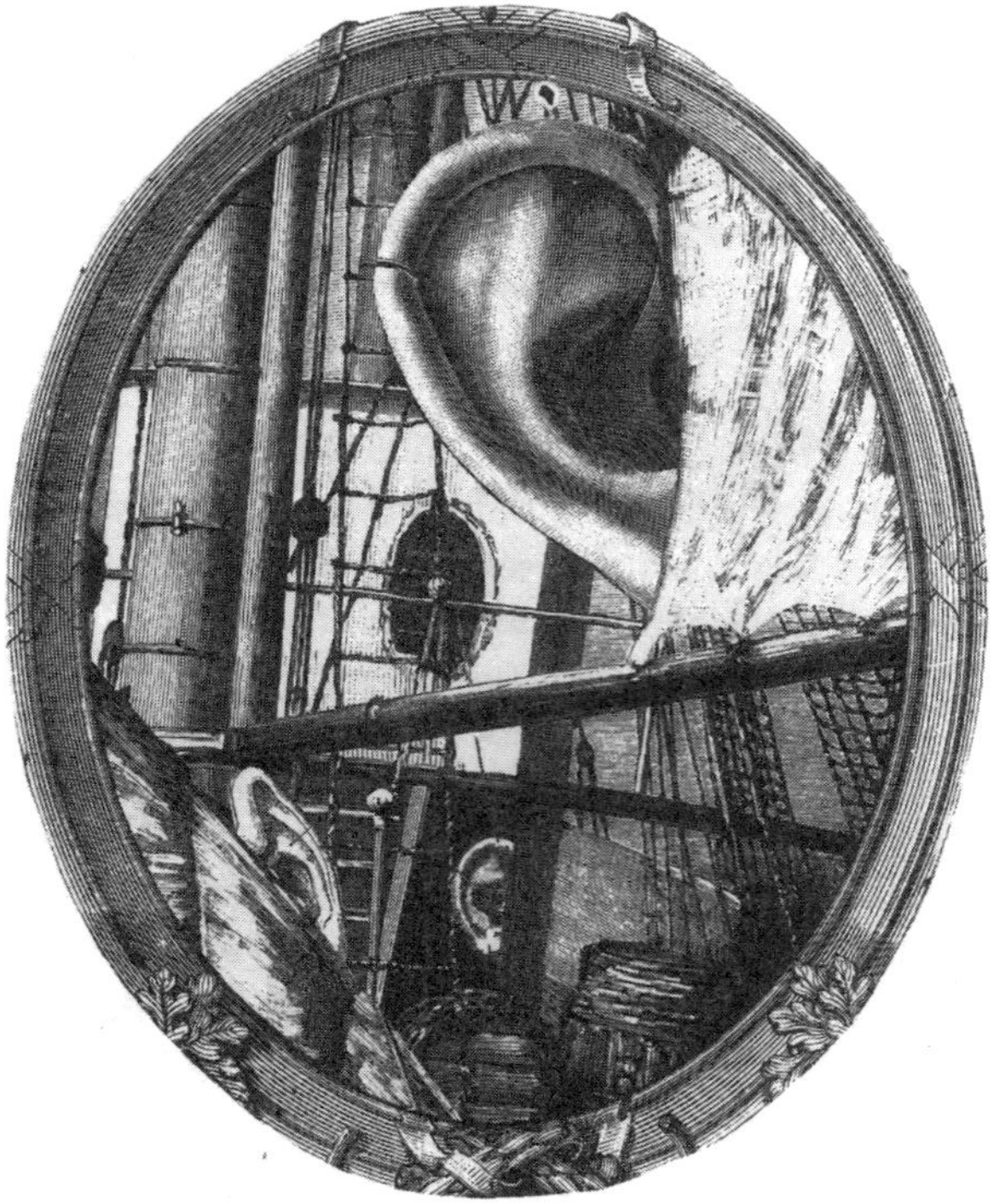

一等航海士がブリッジの上に上がってきたが、当直につく時間ではなかったので、彼を待っていたわけでもない私はひどく驚いた。彼は私を手すりの方へ導いた。そして彼の乱れた髪と腫れた目から、彼が目覚めたばかりだと了解した。私が彼になぜ寝ている途中に簡易寝台から出てきたのかと尋ねると、彼はこう言った。《眠っていなかったんです、船長、眠れないんです。すみません、二週間一睡もしていないんです。お話ししたいことがあるのですが、ここではちょっと》。操舵手が邪魔だったので、私は甲板士官に少しでもアクシデントがあったら船室にいる私を呼ぶように言い、一等航海士と降りていった。とりわけ責任がある時に、《ヴァルディヴィア》号の船内で二週間を一睡もしないままでいる人間を私は好ましく思わなかった。

一等航海士は、とても痩せていて背が高く、黒くて濃い髭を生やした男だ。彼が言葉を発する代わりに泣き崩れ始めた時、いかに私は驚いたことか。一滴の酒も飲まない男だ。彼はこらえきれずに泣いていて、恥ずかしかったのは私の方だったのだが、突然彼が私の膝元に突っ伏した時、私は身の置きどころがなかった。彼は古くからの友人だったので、私は彼の身を起き上がらせようとした。私は怒ることもできただろうし、それは私の権限でもあっただろうが、私たちは二十年前に同じ女性を愛していて、彼は私ほど成功していなかった。貨客船の船長として、これほどの困惑に遭遇したことはこれまでにない。私は実際にピンと直立したままだったが、好きなだけ膝の上で泣いていいよと暗黙のうちに許可を与えたかのように、椅子に戻って腰かけた。ついに彼は立ち上がり、伏し目がちに近づき、私の手を取って言った。《船長、私は嘘をついていました。四号船倉が中国人でいっぱいなんです》。私が口を開けたまま彼を見つめていると、彼は力尽きてセメントの袋を地面に投げ出す男のように、非常な早口で話し始めた。

それにしても、これが人生というものか。四十年間、船主から評価されてきたのに、なんと突然、知らないあいだに中国人らを輸送していることに気づくとは。

《――はい、そうです、それは本当なんです、船長、しかし私のせいではありません、それは誓います。私の唯一の過失は、それが非常に重大なことは認めますが、もっと早くあなたに知らせなかったことです。冷蔵室の男が黒幕で、そいつとバンジョーヴァンジーの船具商の仕業なんです。そのせいで、メキシコのピアストル通貨がモーミューガオ（訳注：インド南西部の港）の寄港地で湯水のように飛び交っていたのです。この二人の男が中国人の連中を乗船させたに違いありません。卑怯な手口だ、いつもながら、ずる賢い手だ。そういうわけで今、四号船倉は中国人でいっぱいなんです、生きている奴もいれば、棺桶に入れられた死人もいる、すごい悪臭で鼻がひん曲がりそうで。生きている奴でも死にそうな奴のための空っぽの棺桶もあるんです。それで、苦労してきちんと積み込んだ荷物は船外に投げ捨てられ、種々様々な雑貨類もやられたはずなんです。実のところ、私は彼らがそうしているのを見たことはなく、あくまで推測なんですが、中国人を詰め込む代わりに、奴らは積荷をどこかに移動させたに違いありません。それは到着の二日前の夜に起こったはずなんです。私は何も見えず、何も聞えませんでしたが、船長、あなたもそうだと思います。つまり、彼らは静かに素早くそれを実行したわけです。中国人の乗船も私は見かけなかったのに、それにもかかわらず奴らは乗り込んでいるわけです。これはモーミューガオ寄港後に始まっています。隔壁の向こう側でその声が聞こえたんです。文句を言うわけではありませんが、船長、私の船室は四号船倉に非常に近いので、一等航海士用の船室としてふさわしくはありません。でも、もう私はそんなことは言えません。最初はネズミかと思ったんです、一晩中、鳴き声を上げ、枯葉の入った袋を床に引きずる音が聞こえます、それで三日目の晩、隔壁の隙間から漂ってくる匂いから、それが黄色いネズミの中国人だと分かったのです。これまでの十五日間の夜ごと、ブリッジにいない時は、隔壁に耳をくっつけて聞いていました。そして今、見抜くこともできずに、どうやってこれほど長い間、それを続けられたのか自分でも不思議なんです。しかし私一人だけで何ができるでしょうか？

もし私があなたに知らせていたら、それはさらに恐ろしいことです。なぜなら、あなたはすぐに四号船倉のハッチを破壊させたでしょうから。そして逆に中国人どもが発見されなかったら、私は病人、つまり《ヴァルディヴィア》号の一等航海士でいる資格のない危険な病人だと認定されるでしょう。にもかかわらず、やはり奴らはそこにいるんです、私は四六時中その声を聞いていて、奴らはものすごい早口で中国語をささやいているんです。奴らはとてもずる賢い！　もちろん冷蔵室の男の他に、船内では誰もそれを知りません。その男はでき得る限りそれを否認するでしょうが、奴らはそこにいるんです。船長、奴らは自分らの部屋みたいに船倉内を改造しているんです、何たることだ！　小さな祠があり、その前に燃えている棒があって、なんとも忌まわしいものです。奴らは何を瞑想しているのでしょう、えっ、暗闇のなかで何を準備しているのでしょうか？　なぜ私は嘲笑されるのをそんなに恐れていたのでしょう、船長、なぜもっと早く思い切って話さなかったのでしょう？　もう好きなようにしてください、私にはどうでもいいんです、やっと眠れるようになります。奴らが隔壁の向こう側で、悲鳴を上げて首を切られても、すぐには目が醒めないでしょう》。

何たることだ！　彼は苦しみから解放されて、頬と髭に涙の跡を残しながら、三日間眠ったのだ。しかし、私は休むことなくブリッジを歩き回り、あえて《ヴァルディヴィア》号の船尾を注視しようとしなかった。私は積荷の防水シートの角を二重に結ぶようにさせたが、誰もその理由を理解できなかった。誘惑に屈するのが怖かったのだ。中国人を目にすれば狂気に追いやられそうだし、その中には三百人もいるのではないだろうか？　次の港に到着すればそれは分かることだし、できるならそんなことはしたくない。目を閉じてみる、すると冷蔵室の整備士がひそかに中国人を下船させている光景が浮かぶ、そんなことは絶対誰も知るわけがない。なぜなら、一等航海士は狂っているからだ。二人だけで気づかれることなく船倉を空にすることなどできるわけがない。米はまだそこにある、それは確かだ、奴らは確実にそれを全部食べていない。

真夜中の、誰も私の姿が見えない時に、壁面パネルに耳を押し当てるが、何も聞こえない、まったく何も聞こえてこない。おそらく船倉に中国人はいないだろう。実際に、一等航海士は奴らを一度も目にしたことがないのだ。しかし彼はたくさんの物音を耳にしたという…それにしても、この私に苦情を言ってくる船員もいない。すべてが悲しくて意気阻喪するばかりだ。バンクーバーを出航する頃には、私はもっと解放された気持になっているだろうし、ずっと後になって、それを開けてもらうことにしよう、船倉を。しかしバンクーバーはまだ遠い。風向きは逆だ、石炭を燃やしすぎている。六号室の船客は妊娠八ヶ月だ、そんなことは誰も知らなかったし、今まさに私は、一等航海士の当直の仕事をカバーしなければならない。たった一人でやるには大変な苦労だ。

カフカあるいは《秘密結社》

A. PAQUIER del.
LATOUR P.
CHAPON sc.

ヨセフ・K…、彼が二十歳の頃、秘密結社、それも非常に秘密にされた結社を知った。実際にそれは、この種の他の団体とは何ら似通ったものではない。入会するのが非常に難しい人もいる。入会を熱望する大多数の人は決して入れないだろう。逆に、その結社の一員であるにもかかわらず、それを知らない人もいる。しかも、結社に属していることを完全に確信することは絶対にないのだ。自分たちがこの秘密結社のメンバーであると信じている人もいれば、まったくそう思っていない人もたくさんいる。見事に入門したとしても、その数は秘密結社の存在さえ知らない多くの人よりもさらに少ない。実際に、真の入門を受けるにふさわしくない人々を混乱させようと用意された、贋の入門の試験を受けているかもしれない。しかし、最も真正な会員、この結社の階層の最高レベルに達した人々にとっても、彼らが継続して受ける秘儀伝授が有効であるかどうかは決して明らかにされない。会員が通常は本物の秘儀伝授を経て、本物の段階に達しているのに、何の通告もなしに贋の秘儀伝授を受けただけということさえあり得る。高いが見せかけだけの地位に就くよりも、低いながらも実質的な段階を承認される方が良いかどうかについては、会員間で終わりのない議論が交わされる。いずれにせよ、その段階が確実であるかどうかは誰にも分からない。

実際に、状況はさらに複雑だ。なぜなら、何の試験も受けずに最高位の入門を許可される志願者もいれば、一度も通知を受けずに入門を許可された志願者もいるからだ。実を言うと、志願する必要すらないのだ。秘密結社の存在すら知らないまま、非常に高度な秘儀伝授を受けた人もいるからだ。

上位メンバーの力は無限であり、彼らは秘密結社の強力な霊気をその裡に宿している。たとえば、それを表面にはっきり示さなくても、彼らが存在するだけで、コンサートや誕生日ディナーのような無害な会合を、秘密結社の会議に十分に変質させられるのだ。これらのメンバーは、出席したすべての会議に関する秘密報告書を作成する必要があり、その報告書は同じランクの他のメンバーによって精査される。このようにして、メンバー間では絶え間なく報告書が交し合わされ、秘密結社の最高権力機関が状況を適切に掌握できるようになる。

どれほど高度で深遠な秘儀伝授が行われようと、秘密結社の追求する目的が伝授者に明らかにされることは一切ない。しかし秘密をばらす裏切者は常に存在するものだ。秘密の保持をその目的としているようなものは、ずっと以前から、もはや誰にとっても神秘ではないのだ。

ヨセフ・K…は、この秘密結社が非常に強力で、非常に多く分派していることを知って恐怖を覚えた。ひょっとしたら、知らず知らずのうちに、そのメンバーの中で最も強力な人物と握手をしてしまったのかもしれない。しかし運の悪いことに、寝苦しい夜の睡眠を終えたある朝、彼は地下鉄で一等席の切符を紛失してしまったのだ。この不運が、彼を秘密結社と接触させることになる一連の不明瞭で矛盾した状況の最初の繋がりだった。その後、自分を守るために、彼はこの恐るべき組織に入会するのに必要な措置を講じざるを得なくなったのだ。これらはすべてかなり前の出来事であり、彼がこれらの試みでどこまで到達したかは依然として不明のままだ。

見知らぬ人への手紙

私たちはかなり奇妙な国に到着したところです。この手紙があなたに届くかどうか分かりません。実を言うと、私たちが船を降りてから、足元で地球が動き続けているので、到着したかどうかよく分からないのです。私が波止場へ足を踏み入れて以来、《ヴァルディヴィア》号自体が消えてしまって、再び見つかるかどうか分かりません。この国には郵便局がなく、さらには住民すらいません。この手紙をあなたに送れるかどうか、あるいはどうやってあなたに届くのか分かりません。誰に送ればいいのかも分かりませんが、ともかく受け取っていただければ幸いです。私の旅の仲間たち、彼らはどこにいるのでしょうか？　まだ分かりませんが、彼らが完全に消えてしまったわけではありません。どこかに彼らの何か、彼らの痕跡も残っているはずで、私はそれを探しています。見つかるとは思いますが、それは分かりません。だからまず最初にこの手紙を書こうと思いました。しかし、これを書き終えたら、私はやることがそんなにありません。なぜならこの国は島だと思うからです。完全に確信があるわけではありませんが、到着してから海岸線の全周が私の足元を通過し、二日後には出発した地点に戻っていることに気づいたのです。昨日はこの島の中央になだらかに傾斜した大きな山があったのですが、今日はそれがはっきりしません。

　とりわけあなたに言いたいのは、この国に決して来てはいけないということです。たしかに、飢えや渇きに悩まされることはありませんし、慣れれば家はむしろ快適です。いえ、厄介なのは、むしろ生活の過ごし方なのです。決してそれに慣れることはありません。ここでの孤独は、私にとって人が多すぎるのです。日中はまだましですが、夜ときたら…何千もの目に見えぬ呼吸の音は驚くべきものであり、恐怖を覚えるほどだと言っておきましょう。説明するのは難しいです。しかしあなたには分かると思います。あなたは暗闇の中で、存在しない階段の最後の踏み板に足を踏み入れたことがありますか？　その瞬間の究極の狼狽を感じたことがあるでしょう？　夜、ちょうど眠りに落ちようとしていた時、突然、脚がゆるんでどこかに落ちそうになっている自分を、ベッドの中で我慢強く探している時のことを覚えていますか？　まあ、この国では、いつもそんな具合です。ここにある物質自体は、階段から欠けている踏み板と同じものでできています。断言しますが、この状況に決して慣れることはないので、この国に来るべきではありません。

　私自身がここにたどり着いたのは、愚かな間違いによるものでした。誰も私に警告しませんでした。《ヴァルディヴィア》号はメルボルンへ向かう途中でした。どうして船長はそこまで航路を見誤ったのでしょうか？　ある夜、南十字星が空から落ちていたので、私は給仕長にこれを目印にしたのでは間違うぞと訴えましたが、彼はいつも航海中に同じことが起こっていると言い張りました。そして今、私はここにいます。完全に独りです。そして、ただ一つを除けば、私はもう何も望んでいません。まったくわけの分からない感覚が私に言うのです、絶対にそこから抜け出さねばならないと。でも、どうやって？　もちろん私はすぐにでも実行します。まだやるべきことが少しありますが、明日から波止場を探し始めるつもりです。《ヴァルディヴィア》号が戻って来ているかもしれません。一度来たのだから、きっと戻って来るでしょう。ちょっと日数を数えるのを忘れてしまいました。ご承知のように、ここにはカレンダーがありません。それに私は杭やノッチを持ったスイスのロビンソン（訳注：『ロビンソン・クルーソー』をもとに書かれたスイス人一家の無人島漂流記）のような人たちを演じたくはありません。もちろん、《ヴァルディヴィア》号に乗ったからといって、私にはちっとも白髪など生えていません。明日からまた波止場を探し始めなければなりません。あまりにも私は待ちすぎました。

街路は日中雨が降っていて憂鬱です。そこには誰も住んでいませんが、まあ、それはよく分かっています。しかし夜になると、何という賑わいでしょう！　念のために言っておきますが、人が見えるわけではありません。私はまじめな男です。これらの家々がまったく人がおらずに建てられるものではないことは分かっていますし、当然言われるように、その理由を見つけなければなりません。しかしそれは、どこもかしこも何も起こらないこの国では、たいそう骨の折れる仕事です。私が到着してからというもの、ここで何ら到達することがないその理由を見つけるのに、私はあまりにも執着しすぎたようです。波止場を探しに戻ったほうがいいでしょう。

理解しなければなりません。ここでは、誰も邪魔をしようとする人がいないのです。実際に、人々は自分たちから外出することはないでしょう。簡単そうに思えますが、どう説明すればよいでしょうか？　おお、彼らは私に危害を加えたいわけではなく、私がかなり長く滞在すれば、最終的には仲良くなるかもしれないけれど、背後にはいつも誰かがいて、振り向いたら誰もいない。これでは結局神経が参ってくるのです。今、たとえば、私が書いているものを肩越しに見ている人がいますが、振り向かないほうがいいと思うのです。この手紙は明日書き終えるつもりですが、人に見られていると書けません。波止場を探してみます。私は不幸ではありませんし、そうあなたに断言しますが、誰がここで親友に会いたいと思うでしょうか？　この島を好んでいる人々がいるのでしょうが、私はそうじゃない。

たしかに、どんな人生にもちょっとした気まぐれな事象があってもよいのですが、実際のところ、空にある太陽が、正午を意味しているのか、真夜中を意味しているのか、もはや分からなくなってしまった時、平原から吹く強い風が、理髪店のポールの縞模様のように、あなたの人格を包み込んでしまう時、私は《もういい加減にしろ》と言います。もちろん、明日から私は波止場を探しに行くつもりです。ところが心の奥底では、私がそこにいない時に《ヴァルディヴィア》号が私を迎えに来て、私を見ることなく再び去ってしまうのではないか、それが私の唯一の悪夢なのです。

ロビンソン

島を一周してから、島が完全に無人であることを確信した時、私は砂浜に跪いて苦い涙を流すことはなかった。すぐに私は、耕したり、種を蒔いたり、木の幹をくり抜いたり、《希望》という言葉を正確に発音できるようになるまでオウムにせっついたりしなくなった。私は望遠鏡を海に投げ捨てた。そして自分の領域の周りに柵を設けることをやめた。潮の流れが数多くの難破船を漂着させていて、非常に役に立つ難破船の漂流物がたくさんあったにもかかわらず、私はそれが目に入らないように、島の反対側に住みつくことにした。それから、乾いた砂で敷き詰められた、深くて近づきがたく、何も聞こえず、何も見えない、静寂が領した洞窟を発見した。私はいつも眠りを欲していたので、人生が私にそうすることを許す限り、そこで眠りにつき始めた。濃密で深い眠りを。

数分後、救助隊がそこに到着し、大喜びして、私の肩を叩いて私を目覚めさせた。

荷物を持った旅人

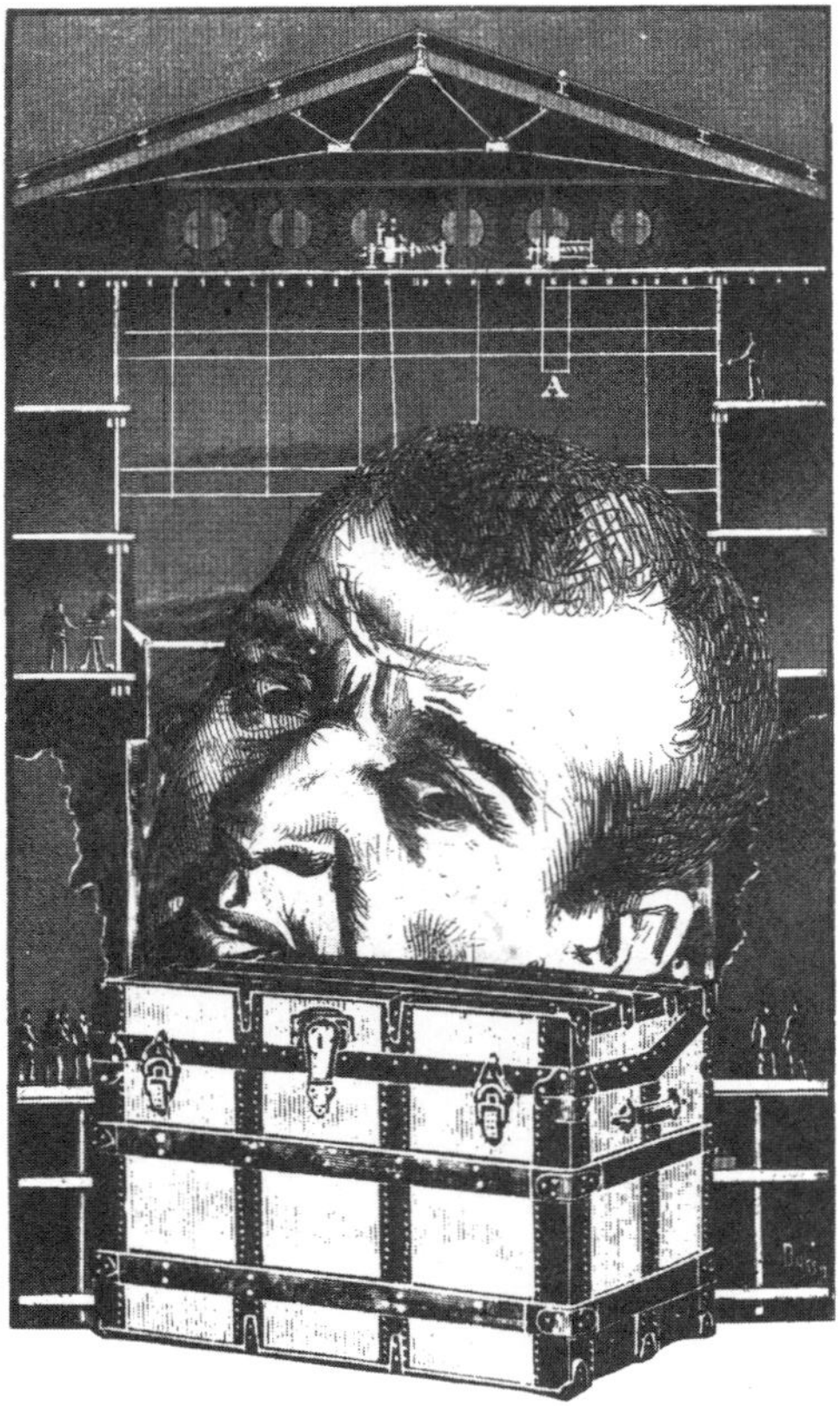
A

私にとってまだはっきりとは分かっていない出来事の結果、私は十九歳の最初の数ヶ月間というもの、まったくひどい精神的危機に陥り、そこから立ち直るのに最も苦労した。私はこの種のトラブルを経験したことがなかったので、その激しさに深く衝撃を受けたのだ。しかし自己存在意識の確かさが、病気としか言いようのない症状の再発から私の安全を保証してくれていた。

さまざまな仕事に忙殺され、その責任を非常に親しい友人たち、彼らを失わないよう、それまでずっと大切にしてきた友人たちと分かち合っていたのだが、突然、容赦のない全面的な無気力に陥り、一行も書くことができないばかりか、自由意志によるいかなる行為も遂行できない自分に気づいたのだ。自主的に休暇を取得した後、他に何もすることができないため、おめでたい暇人のようにではなく、自責の念と不安につきまとわれ、追い詰められた人間のように、私は冬の街を何週間もさまよい続けた。私にはもはや意志も、意志を持ちたいという意志さえもなかった。私は馬鹿げた言い訳をして約束を怠り、私を頼りにし、あらゆる種類のしがらみで結ばれていた多くの人々に迷惑をかけたが、彼らの誠実な友情によっても苦痛が和らぎはしなかった。私は信じがたいほどの己れの臆病さを恥じ、そして、繰り返すが、これら余暇の時間は、私にとって絶え間ない苦痛だった。私は時々、ごく稀れに、すべてを忘れてしまうことがあったが、その直後に、洪水が堤防を決壊させるように、自分の手で少しずつ築き上げてきた不幸の塔が、突如私の上に崩れ落ちてくるのだ。私は大声で話していた。声を張り上げて話さずにはいられなかったのだ。

私は自分の不安に関連した短い言葉、固有名詞を二、三回吠えた。人々が私に振り向き、そのあいだも私は自分を侮辱する言葉をつぶやいているのだ。それは私が今までに見たなかで最も忌まわしい夢だが、夢ではなかった。その間ずっと、目に見えない石膏の輪が私の頭蓋骨を圧迫していたと思う。私は正気とは思えない言い訳をでっち上げて、仕事をしないためにあらゆる努力をしてきたが、それは仕事でやるべきことをするよりもはるかに苦労したものだ。けれど、何も書かれていない紙の前に座って（そうして私はさらに上方へ身を乗り出し、座るために椅子をつかみ、椅子に座ろうと決意しなければならない、など…）、最初の文章の最初の単語を書けと言われても、それができないのだ。この最初の言葉さえ書けば、私は己れの受難から救われるだろうことが分かっていた。丸一日、短く連続する希望の波によって肉体的に元気づけられながら、私は今まさにその最初の言葉を書き始めようとしている自分を目にするのだった。しかし私はそれを一時間ごとに先延ばしにして、さらに延長できる期限、より最終的な期限を自ら設定してしまうわけだが、夜になると、何ら変わることなく、虚しい疲労感で酔っ払って床に就き、また次の日に取りかかればいいだろうと、ぼんやりと納得する始末なのだ。

そしてこれが何日も続いた。ドアのベルが鳴るたびに私の心は張り裂けそうだった。もはや私は郵便物を開封しなくなった。夜、つらい夢にうなされながら、私は大迫害から逃れようとするのだが、目が覚めると、それはさらに疼くように頭から離れない。繰り返すが、私には逃げること、自分自身から逃げること、あらゆるものや、誰からも自分を隠すことしかできなかった。もし悪夢の中へ自ら深くはまり込んでいる人間がいるとすれば、それは私だった。日ごとに少しずつ深みに沈みゆき、必然的に、状況は時とともに悪化するばかりだった。

そのうえ、私は完全に空っぽの状態で、耐えられないほどの無気力状態でしかなく、その他の想念についていくことができなかった。あの恐ろしい数ヶ月間、私が発狂したり、自殺しなかったのは偶然としか言いようがないのだ。いつでも自分自身に戻れると期待し続けていたが、自分を取り戻すことができなかった。

笑い者になりそうなこの苦しみについて、私は誰にも話さなかった。なかには何が起こっているのか察する人もいたが。ある日、なぜだか分からないが（二月半ば頃だと思うが、新年の誓いを表そうと――そう、それまでずっと先延ばしにしてきた、この取るに足らない行為を達成するために、私はエネルギーのようなものを見つけ）、私はなんとか一枚の紙を前に粘ることができ、実際にほとんど知らないある魅力的な女性に手紙を書いたのだ。眩暈がするほどの苦痛の中で、漠然としたいくつかの決まり文句の後、私は自分の言葉をまったく制御できなくなり、今話しているのと同じように、私を機能不全にさせている不幸について彼女に語った。彼女はすぐに返事をくれた。彼女が私に言ったことは懇切丁寧というのにふさわしいものだった。それはまるで陰鬱な空に燦めく神秘的な虹のようで、その虹の色は、美しさ、信頼、魅力、友情、優雅さ、繊細さ、気品を表していた。私はいたく感動したのだ。この手紙を読んで癒され始めたに違いなかった。しかし、私の回復はまだ遠い状態だった。

私は街を徘徊し続けた。あえて言うなら、私の唯一の気晴らしは、私の最近の状態が引き起こしたお金の問題だった。というのは、人混みの中や宵闇の繁華街を歩くのが好きだったからだ。パリを巡る終わりのない旅の中で、私を喜ばせそうな珍しい光景や建築物に私はいつも偶然に出くわす。都市の最深部の徘徊者である私は、何も見ずに何も聞かずに進むのだ。私は神の恩寵に見放されている。私の周りではもう何も起こっていない。時々、脚が痛くなってカフェに立ち寄り、フルーツジュースを飲む。もう何も読んでいない。そして自分が数分ごとに、大声で怒って独り言を言っていることに気づいて驚くのだった。

この過酷な探求のせいで、ある日、私はへとへとに疲れ切って、グラフという店の座席にたどり着いた。私は手に原稿を持っていた。まだ私を待っているかもしれない友人と一緒に仕事をしようと固く決心して家を出たものの、もちろん、私を苦しめる哀れな悪魔によって、その目的から逸脱してしまったのだ。

私はビアホールのテーブルの上に、役に立たない紙束を広げ、地元の売春婦たちのガラスのような視線の下で、それをぼんやり考えていたとき、ごく自然に、白い紙を他の紙から一枚引き抜き、次のように書き始めたのである。

≪もちろん、信じられないでしょう。私が単にその名前で呼んでいるものを、あなたは別の名前で呼ぶでしょう。あなたは、私が解放されたいと望んでいる耐え難い記憶以外には何も存在しない場所を探して、たくさんのものを見つけるでしょう。もし私が自分の意識、無意識、強迫観念、女性、あるいはペロポネソスについて話したいと思ったなら、私は意識の話、無意識の話、ピンクのドレスを着た老紳士の話、あるいは私がよく知っている、ウェルバ（訳注：スペインのアンダルシア地方の町）の娘にブローチのプレゼントを約束した若い船員の話、あるいはただ単にペロポネソスの歴史を物語るでしょう。しかしそれが実情なんです。今日の人間は、上司とトラブルになった測量士や、正義と苦闘する気弱な従業員の些細な冒険を語り始めることはできないでしょう。世界中のすべての教会が襲いかかって彼を引き裂き、その小さな残骸を持ち去っていかない限りは。

《私が木製のトランクに入れて引きずり回し、中身を取り除くことができないでいるのは、断言しますが、私の意識でも無意識でもありません。もしあなたがこのトランクの蓋を開けることができていたら、さらにもし、私の極めて息苦しい夢の中で今でも時々現れるようなものをあなたがそこに見ることができていたら、あなたはそれを何かありふれた象徴として受け取りたいというほんのわずかな欲求さえ即座に放棄したでしょう。そしてこの野郎の喰うことといったら！　私はたいてい朝食にクリーム入りコーヒーとクロワッサンしか摂っていなかったのに、こいつは現実の人間の四人前の量を平らげていたのです。

《おお、突然状況が悪くなり始めたわけではありません。ルポゾワール通りにたどり着いたとき、私にはまだかなりのお金が残っていました。彼らはヤシの木の下でそれを処分するのに非常に急いでいたので、お金の問題にそれほどうるさくありませんでした。半分は私が彼らの手からそれを取り上げたとき、あと半分はパリの彼らの代理人がそれを取りに来たときでした。私は警告されました。神に誓って、それは二、三ケ月以上続くはずはなかったのです。ある晴れた朝、もみあげとヤギ髭を生やしたゴメスと名乗る男が現れました。その後は、関わることはなくなりました。ゴメスが見せてくれるものを私はどれほど期待していたことか…

《パリに戻ることができてとても嬉しかったので、最初の一ケ月は少しは楽しく過ごしました。毎晩高級レストランへ行き、外は雨が降っていると、午後はずっと仰向けに寝転がって推理小説を読んでいました。カクテル、映画のデート、そしてその後もすべてそんな調子でした。信じてください、私は急いで仕事を探す必要はありませんでした。しかし、二ヶ月目の終わり頃、上着の中の財布の重みが少し軽くなったように感じました。そして残ったものは最後まで残そうと決めました。こうして私は旅人の行き着く果ての、未来と過去のホテルに住み着くようになったのです。そこで私は変化を見つけました。オーナーはショーフルニオールという男で、石炭運搬人からホテル経営者にまで身を削って出世した、オーヴェルニュで最も太っていて、最も醜い奴でした。彼は夜明けから真夜中まで、ひどく汚れたガラス張りの水槽の中で大の字になり、キーラックのそばでよだれを垂らしたような目で空想に耽っていました。本物の潜水艦のように、小さなランプがたくさん付いた別のラックもありました。そのためヒューズを交換したり、一晩中電気をつけっぱなしにしたりする必要はありません。ただ、高くはつかなかったし、私は働きたくなかったのです。誰もがそれぞれの考えを持っています。まずトランクをあまり長く放置したくなかったし、仕事のことを考えるとうんざりしたからです。一度にあまりにもたくさんお金を持ちすぎていましたが、そんなことはこれまでに一度もありませんでした。たとえ必要に迫られて耐乏生活をせざるを得なくなっても、私はもう働きたくはありませんでした。

そこまで書き終わったとき、めまいがしてきた。私はびっくりして視線を上げ、まさにやってはいけないことをしてしまったのだ。私は自分が書いたものを、削除線を引くことなく、言葉の選択に一瞬も迷うことなく、一気に読み返してしまったのである。銀狐の毛皮に包まれ、その上に他の狐皮を丸めて作った巨大なティアラをかぶった、太った売春婦が私を見て笑った。そこで私はまた別の穴に落ち、すぐに物語の結末を書き始めた。それは目が眩むほどの明快さで、一挙に思いついたものだ。それはこうだ。

《そして今、素晴らしい驚異を愛する皆さん、それはこういうことなんです。私はそのオーナーを騙したのです、そう、そいつを騙してやったんです。あの頑固で貪欲で、用心深いオーヴェルニュの野郎を罠にかけてやったのです。それは私が本当に誇りに思う稀な偉業の一つでした。非常に手際のいい計画だったと言わざるを得ません。公平に言うなら、ジュールが私を助けてくれたのです。ジュールはルフロワディ通りにある〝驚異の島々へ〟というバーのギャルソンです。彼は約束の時間に、電話で警視役を演じたのです。午後に私が送った電報も、ちょうど良いタイミングで届きました。オーナーは、その残骸のようなラックを残して、フロントデスクの監視のために掃除婦を呼んでから、荒れ狂う雄牛のように外へ飛び出して行ったのです。そこで私はトランクを持って、こっそり外へ逃げ出すことができました。

その後、ずっと経ってから、私はトランクを捨てました。

私を責めないでください。そうする他、何もできなかったのです。

彼が長く苦しみ続けるとは思いません。彼は歯（まあ、私はそれらを歯と呼んでいますが）を食いしばりながら、木の空に一筋の光が射して、私がトランクの蓋を開けていると知らせるのを待っていたに違いありません。それから二、三日後、私がトランクを船倉に放置して、彼を見つけていた場所で、彼はおそらく昏睡状態で眠っていたのでしょう。最初に言いましたように、私の最悪の夢の中で、時々彼がおがくずを食べようとしているのが見え、目が覚めるととても気分が悪くなりました。でも、そうじゃないんです、それほどひどいことになるはずがありません。

最後にもう二行の文章が残されていた。それを書こうとしていたとき、役割分担を変えたせいだと思うが、ギャルソンが請求書を持ってやって来たのだ。まるで一発のパンチで私の歯がすべて粉砕されたかのようだった。文章が頭から消えていったのだ。

それから一週間ほど経って、また頭の中で何かが浮かんだ。私は自分の肩を掴んで引きずった、そう、自分で自分を引きずっているのだ、両脚が舗道を擦り、全身で圧倒的な力に抵抗しながら、何日も私を待っていた人物の家に向かったのである。誓って言うが、たしかにあの正面階段を二人で上っていって、一人は恐ろしい絶望感を持って、もう一人はベルのボタンを押すのに十分な力があるだろうかと考えていたのだ。

私はボタンを押した。炎が踵を舐め始めたときに、屋根からトランポリンに身を投げるのと同じように、私は全体重をかけて彼の上に倒れ込んだ。救われたのだ。

数日間の再発を除けば、私はそれをあまり深刻に受け止めていなかったが、望むときに再び自分を制御できると分かっていたので（最初の発作のときは確信が持てなかったが）、この情けない冒険は終わりを迎えた。私に残っているのは、人知れず恐ろしい記憶と、たった今読んだばかりの物語の断片だけなのだ。それ以来、私はこの物語の始まりと終わりのギャップを埋めようと何度も試みてきた。決してそうはならないと思う。あのホテルで、他にもたくさんの事件が起こったことは知っているが、どの事件だったのか？　私もいくつか書いた、というかメモをしていた。それらはすべて、個人的にひどく不快な印象を与え、まさに虚言の痕跡だった。また、リセロンという、とてもかわいく、少し太りすぎた、体にぴったりとフィットした黒いビロードを着た娘が、ある夜に部屋にやって来て、数日間一緒に住んでいたということも知っている。しかし、ある朝、彼女はもうそこにいなかった。それは私に何らかの影響を与えた。彼女の瞳はいつ果てるとも知れなかった。彼女はこっそりトランクの蓋を持ち上げて様子を見ようとしたに違いない。もしそれができたとしたなら、彼女が振り返らずに逃げた理由が理解できるのだ。ホテルのオーナーのショーフルニオールは、ゴメスも金も現れなかったので、ますます不愉快になった。彼はあらゆる廊下の角で私を見張っていた。窃盗未遂事件もあったが、誰のことかも思い出せないし、何も確認できない。ただ「片目のデデ」という一風変わったあだ名にふさわしい、力強い隻眼の男の姿を、ちらっとだが垣間見ることができた。でも、彼はどこか別の場所から来て、道に迷っただけだと思う。そして、ホテルに戻りたくなく、二度とトランクを目にしたくない時期があったのだが、私はいつの間にエスパドリーユ(訳注：縄底のズック靴)を履いてピュトー(訳注：パリ郊外)まで歩いたのだろう？　そしてロープや花束は？　さらに、四階にいる、互いに区別がつかない忌まわしい双子は？……　今はすべてがおぼろげで、夢の記憶のように遠いのだ。

あまり力を入れすぎないほうがいい…物語の途中を知るために、同様の精神的に悲惨な状況に戻らなければならないなら、私はそれを永遠に忘れていたほうが良いだろう。

わが水族館

ここしばらく、私は自殺について思いを募らせていました。そして本当のところ、私はかなりうまく対処してきたと言わねばなりません。

日中、彼らは何も言わず、小さな黒檀の函の中で眠っています。けれど、夜になって蓋を開けると、彼らがどれほど嬉しそうにぴちぴち跳ねて、群がっているのかを目にするはずです。

彼らは特定の蓄音機の針、忘れられていると思われる型式の針のように、小さくて平らで白っぽい三角形の頭を持っています。この小さな生き物たちは、みんなかわいらしくて、餌をあげるのもとても簡単です。彼らは私の与えるものを何でも食べるのです。悲しみ、抜歯、自尊心もしくはそうでないものによる傷、悩み、性的欠陥、心痛、悔恨、泣けなかった涙、睡眠不足、これらすべてを彼らは一口で飲み干し、さらに追加を求めてくれるのです。しかし、彼らが何よりも好むのは私の疲労です。疲労は不足する心配がないので、これはうまくいきます。彼らにそいつをたっぷり食べさせますが、彼らは食べきれずにいつも残り物が出ますので、私はそいつをすべて取り除くことは決してできません。

そんなにたくさん餌をやるのは間違っている、ひどい結末になる、いつか太りすぎて函から出てしまうだろう、と言われます。でも私はいつもその函を、重い大理石の天板がついた大きな整理箪笥の、鍵のかかった引き出しに保管しています。ずっと昔、マリー婆さんがキャラメルを伸ばしていたのは、その大理石の天板でした。

たとえ彼らが函から出て、引き出しの中にこぼれ落ちたとしても、その大理石の天板を持ち上げることができるとは思えません。もちろん、どうなるかは決して分かりません。でも、そうなれば、この疲労をどう処理すればいいのでしょうか？

ゴミ収集業者のストライキ

ゴミ収集業者のストライキの期間、私たちはゴミをどうすればよいか分からなかったので、セントラルヒーティングの小さなボイラーでゴミを燃やした。しかし灰は燃えないので、すぐにそれをどこに置いたらよいのか分からなくなった。その時分、私はとても疲れていて、普段よりさらに疲れ果て、交差点に山のように堆積した灰がどんどん増えていくのを、近所の管理人がいささか傲慢な面持ちで監視していたわけだが、それを運ぶ気力もない。それで、ボイラーとその小さな隅の間に灰を捨てたのだが、すぐにたくさんの灰が残った。なぜなら、ゴミを燃やすために備蓄していた炭団も燃やしたからだ。そのため、いつかは火が消えてしまうだろうから、悪しき前例が伝播した、つまり私たちは、灰ではないもの、燃やした方が良いものを捨てることにしたのだ。私たちのような小さなアパルトマンでは、この汚物の山は本当に気持ち悪く、特に汚物が流れ始めて、あちこちに広がってからはなおさらで、私たちはボイラーのある薄暗い小さな部屋で際限なく掃除を続けざるを得なかった。私たちはこの灰の山積みの上に、牡蠣の殻、バナナの皮、缶詰の空き缶、ぼろの布切れ、そしてしまいには本物のゴミ箱まで、あらゆるものを投げ捨てた。でも私はとても疲れていた…

そして当然、起こるべきことが起こった。ある朝、山積みのところに、老いた乞食がいて、私が部屋を横切るのを非難がましく見つめていたのだ。おそらく彼に何も恵んでやらなかったせいだろう。彼は私たちの汚物溜めからゴミを拾い上げて非常に念入りに身繕いをしていたので、今や彼を除けば、その小さな部屋の中はすべてがきれいで整然としていた。私は暗澹たる思いで彼を凝っと見てみると、灰色がかった彼の垢の中に灰が残っているのを発見した。バナナの皮で作った青白い指は変形して震えており、彼の白目は白い卵の殻から成り、布切れは彼のぼろ着になっていたのだ。そして彼は、物乞いに使えそうなお椀のように、缶詰の空き缶を私に差し出した。彼は小さな片隅のくぼみにぴったりと収まっていたので、私は重たい気持ちで、彼をすぐにそこから追い出すことはできないと悟った。

翌日、ストライキが終わり、ゴミ収集車が街路じゅうを元気よく走り回った。けれど、その浮浪者はまだそこにいる。私はどうしたらいいか分からない。アパルトマンの残り半分へ行くには、私たちは常にあの小さな部屋を通らなければならないのだ。ともかく、彼がいる場所で火を再び点火しなければならず、彼が凍えるはずがなかった。彼は決して話さず、ほとんど動かないが、ただ私たちが横切るたびに、震える腕の先で空き缶を差し出すのだ。慈善活動に反対するためにあらゆることが考えられるにもかかわらず、小銭がなければ、私はキッチンへ探しに戻ってしまう。今では、彼に何かを与えずに彼の前を通り過ぎようとする人は誰もいない。

管理人が私に言う、《だったら、他のゴミと一緒にこいつを引きずり込んだらいい。一旦ゴミ箱に入ったら、他のゴミと見分けがつかなくなるさ!》。言うは易く、行うは難し。私は十分な大きさのシャベルを持っていないのだが、彼はあそこのボイラーのそばでとても居心地が良さそうだ。たぶん、火がなくなったら、彼はいなくなるだろう。

猫たちは本当に幸運だ。猫は彼を見もせず、彼がそこにいることさえ気づかずに、彼と同じ場所で寝ている。

まるでこれまで大変な厄介事が何もなかったかのように!

石膏の境目で（眠りに関するいくつかの覚書）

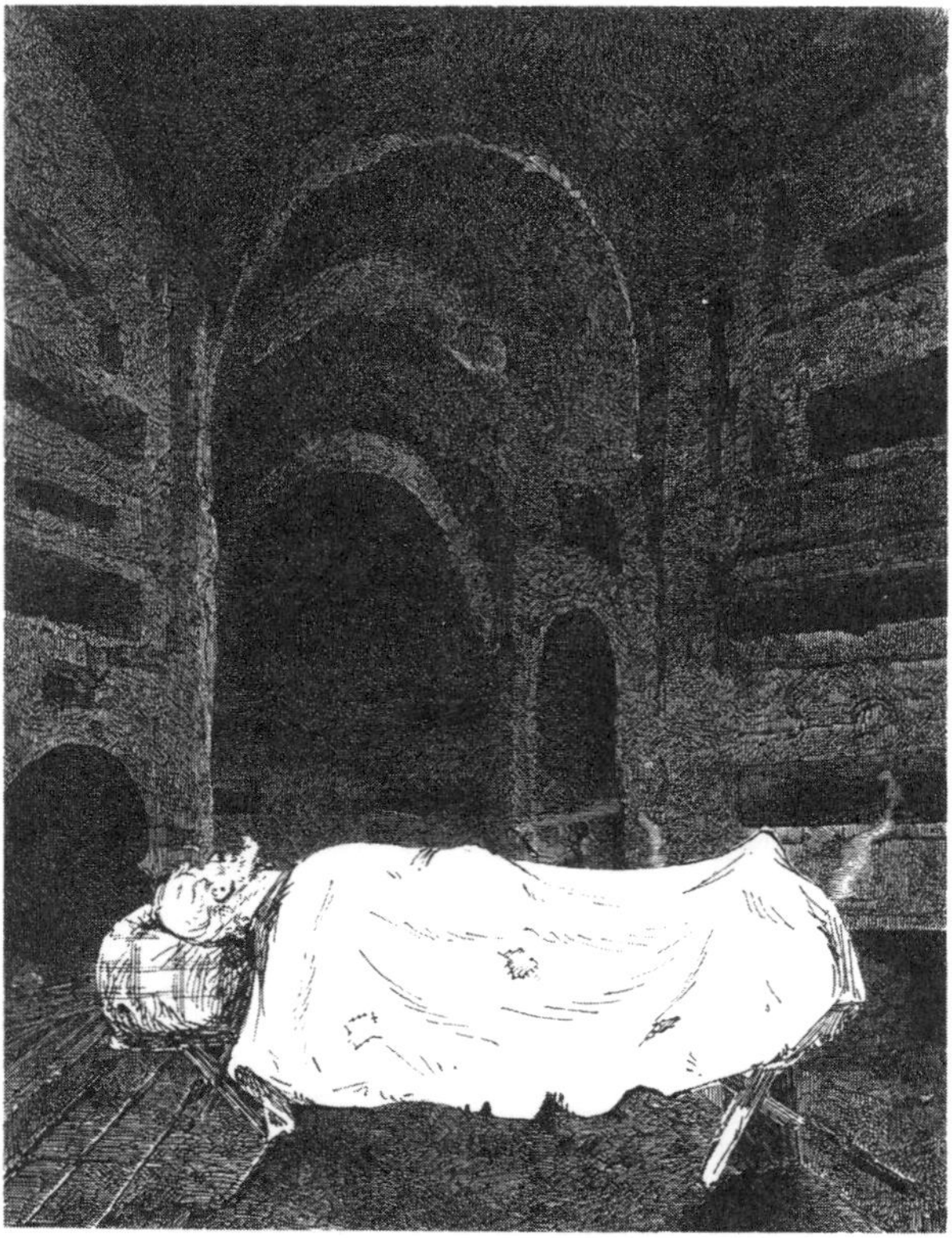

——彼女は私を起こした、だから彼女を殺した…

眠っている人々は悪しき死者であり、彼らを目覚めさせる人々は善良な生者だ。眠りから目覚めた人は、合法的に正当防衛を主張できる。夢見る人は眠らない。一度にすべてを行なうことはできないからだ。

私たちは眠りの中へ決して上昇することはなく、いつも眠りに落ち、沈み込んでしまう。眠りは地面の奥深くに掘られた暗い家だ。誰も邪魔しに来ない最上階、最下層を借りている人たちは幸せだ。窓が内側に開き、黒い土が窓ガラスに張り付いている。アパルトマンの中央、果てしなく続く廊下の先に隔てられた寝室。ベッドは洞穴の中にあり、潜水艦に入るようにマンホールから入り込む。ダイヤモンドのようにカットされた静寂がゆっくりと円を描き、耳と肺を詰まらせる。そう、それは日常の空気、普段の空気、特にあなたの空気ではない。

地面に押しつぶされると、眠っている人は奇妙な浸透現象を通じて、ある種の性質を帯び、鉱物化される。裸で眠っている人が彫像に似ていないことはめったにない。彼は石か、粘土だ。彼の血管には、より白い血が流れている。睡眠は窒息だと言われてきた。いや、むしろ石化だ。

ではなぜ、歴史上、最も邪悪な悪党の一人が、祖国フランス（かつてはガリア）を流血させ、貧困に陥れ、恐怖を引き起こし、足かせをはめ、笑いものにさせたこの男が、フランス国民全体（言うまでもなく外国人も）の敬虔な尊敬の対象なのだろうか？　それは彼が一度も眠らなかったからだ。ナポレオンは眠っていなかった。なんて天才なんだ！　よく働け、我が子よ、もしかしたら、君もいつかは眠れなくなるかもしれない。

おお、ひどすぎる！　おお、おぞましい悲しみ！　人間は聖人を発明した、そして、どんな犠牲を払ってでも、どんな手段を使ってでも、聖人になろうと欲した。ただし、地球上の人間でなくなることを目指しながら、人間としての生活を送るという条件付きだ。

聖人崇拝と英雄崇拝は、それだけでも、アルコール依存症と梅毒を合わせたよりもひどい大惨事を人類にもたらした。

主要な社会的拘束、まず未来が打ち砕かなければならない拘束、それは目覚まし時計とギロチンだ。しかも互いに補完し合う、ほぼ同一の二つのアクセサリー。死刑囚を起こしに来たその人自身も、目覚まし時計で起こされたのだ。したがって、目覚まし時計がなければギロチンもない。さらに、誰もが好きなように眠れば、犯罪は存在しなくなるだろう。ある朝、人類全員が十分な睡眠をとって起きているところを想像してみたまえ。何という騒ぎだ！　いかなる社会システムがそれに抵抗できるだろうか！

樽のようなお腹を目覚まし時計のようにして、奇妙な天使が私のためにカペアドール（マントを使って雄牛を挑発し、操縦する闘牛士）を演じている。目が見えなくなり、呆然とし、自暴自棄になり、手足が折れ、顔にはぴったり貼りついたマスクをかぶせられ、鼻孔に真っ赤に焼けた鉄のフックを二本差し込まれた状態で、私は突進し、彼の示した罠に躓《つまづ》いた。それは時計の文字盤の数字がぼんやり浮かび上がった白いシーツだ。

公衆の面前で《いい人》だと言われて満足する人間を想像するのは難しい。（私が言っているのは、《ばか者》と同義の最も一般的な意味での《いい人》という意味ではない。たとえば、人間は生まれながらにして《善》であるという意味で《いい人》と言っている）。小説家は、善良な人間の物語を語るのに時間を無駄にしたことはない。ディケンズの登場人物では、「ニコラス・ニクルビー」中のチアリブル兄弟だけがそうだが、完全に善良な人物はほんのわずかであり、それが彼らに卑猥なほど気詰まりで非現実的な様相を与えている。世界文学における唯一の善人であるチアリブル兄弟のことは誰もが忘れていると思うし、私が彼らをどのように見ているかなど誰も知りたくないだろう。それなのに、彼らは肩がフケに覆われた恐ろしいアルビノ（訳注：先天的に色素が欠乏する白皮症）にしか見えない。彼らの善良な赤い目からは、乳白色の大粒の涙が絶え間なく流れ、べたついたチョッキの毛糸を滑り落ちる。彼らの周りには、軽くて吐き気を催すような匂いが漂っていて、それはまさに彼らの善良さの匂いそのものだ。ある夜、彼らは石炭貨物船の甲板で善良さを込めて私に握手をしてくれた。その船尾にある城は、小さなギリシャの神殿で、純粋で清潔だった。柱廊の円柱の背後に、野獣たちがうろうろと行き来していて、おぼろげではあるが危険だった。

特に公の場で、自分が《いい人》であると評されるのを聞いた人が、苛立たしい思いをするのは当然のことであり、誰も驚かない。

そうは言っても、たとえばそれほど危険ではないにしても、あなたの目の前で次のような体験を想像してみたまえ。

大勢の人の前で、できれば彼が熱愛し、猛烈に求愛している女の前で、その男にこう言ってやるのだ。《昨夜、君が寝ているのを見たよ。なんて素晴らしい睡眠だろう！　どれだけいびきをかいてぐっすり眠れるんだ！　はは、君が眠っている時のことさ、これは冗談じゃないぜ！》

何が起こるだろう？　この男は、あなたが彼を《いい人》と言った場合よりも、さらにすさまじく傷つくことだろう。もし彼が亡命の苦いパンや、洞窟探検の息詰まるような危険をあなたと共有していたら、この男は今やあなたの敵だ。彼は悪意に満ちた憎しみで永遠にあなたを追いかけるだろう。人けのない通りを避け、予期しない荷物は慎重に開け、煙が立ち上がるピンクのキャンドルには用心することだ。資力が許せば、出国したまえ。さらに、一旦国外へ出たら、スエズの名刺販売業者、ガトゥン水門（訳注：パナマ運河の一部）の水運搬人、タージ・マハルのエレベーター・ボーイ、ラマ教の坊主に注意することだ。

その男は、自分が眠っているのを見た者を打ち倒すまで、休むことを知らないだろう。

なぜか？

なぜなら、誰も眠りたくないし、眠くなりたい人もいないからだ。もし教会が、睡眠を少し低く位置づけるのではなく、睡眠の放棄を最高の禁欲として位置づけていたら、世界はもはや広大な礼拝堂以外の何ものでもなかっただろう。教会は初めて、私たちの秘密の誓願に出会えただろう。人間は自分の睡眠を恥じ、眠ることを拒否するのだ。

睡眠は、愛に次いで社会全体から最も激しく反対される企てである。眠っている人間の姿を見ると、人は苛立たしくなり、自分も眠る人間だということ、十二時間が経過する前にそれに屈服するだろうことを思い出させる。

この眠っている人は、あなたから逃れていく。夢も見ずに眠っている囚人は、ベルトに鍵を差し込み、眠気に燃えるような目をしながら、刑務所の廊下を独房から次の独房へと歩き回る看守より自由だ。そのさまは、ちょうどグリュイエールチーズの塊の中で、洞窟から洞窟へ移動する虫のようだ。五百キロもある車輪形のグリュイエールチーズの中心部に閉じ込められた気泡の中には、とんでもない深い闇が支配しているに違いない！

気をつけたまえ！　夢がなければ！　夢を見ている人間は、もはや自分の死を意識した生ける屍にすぎない。彼は夢を見て、生きている。おそらく彼は二つの人生のうちより真実味のある方を生きているのかもしれないが、それが人生というものであり、目を覚ました人に似るには何が欠けているのか、私たちには分からない。夢を通して人生は続いていくが、恐ろしいことに睡眠が損なわれるのだ。ここで再び人間は、獣に、寒さに、精神分析的解釈に、証明記録に、後悔に、そして簡単に言えばポエジーに引き渡される。

望むと望まないとにかかわらず、夢のない眠りもある。利用できない睡眠は、宇宙的に人間を世界の真の位置に置く。

人間はひまわりだ。ここに、気づかれていない明白な真実がある。言ってみれば、他のすべてはその後に続いていく。

正午にその男を連れて行く。彼は直立している。頭の上には太陽がある。この男がずっとその姿勢を維持する気はないとは言わないが、私にはどうすることもできないし、この話を組み立てたのも私ではないし、そんなことを起こすためにやっているわけでもない。もうすぐ地球が回転するか（あるいは太陽が回転したりするが、その点はまだ完全に解明されておらず）、人間はもはやそのことに同意していない。彼は直立して生き続けるが、針が磁石を動かすように、頭は太陽を追いかけている。まもなく太陽が地平線に沈む。それで終わりだ。太陽が下へ沈んでいくこの地平線上で、頭を保とうとする人間のあらゆる努力は、自然に反する努力となるだろう。人間は否応なしに、地球の反対側から太陽に引っ張られる重たい頭の負担を軽くしようと、地面に長々と横たわるのだ。思い切って、彼を立たせたままにしておきたまえ。彼は全身で、さらには脳にまで、抗じがたい引力を感じるだろうが、それは夜明けとともに消えてしまう。しかしその後、彼の体は闘いに疲れ果て、日中の質《たち》の悪い眠り、虚ろで苦しい眠り、不法な眠り、太陽に対して眠りを防御するような類《たぐい》の眠りに屈してしまう。

おそらく夜に何が起こっているかは私たちには分からない。だからこそ、未知の世界である夜について語るとき、詩人になるのはいともたやすいことなのだ。そして詩人たちは、この豊かな鉱脈を広く開拓することを躊躇しなかった。安らかに眠ってください、と詩人たちは言う、あなたのために、私たちは呪いの夜、愛の夜、叛乱の夜を探検するだろうと。そして、この神秘的な島の岸辺に、彼らは成り上がり者として、征服者として上陸し、行く手にあるものすべてを荒らし回り、将来のことなど考えずに、膨大な夢の鉱山を掘り尽くしてしまったのだ。

しかし、いくつかの暗い夜はまだ私たちのものだ。詩人たちは、その暗闇の中に何も識別せず、何を見るのかも知らない。濃いインクの夜。流氷の塊の中にいるように、温かな羽毛布団の中で、私たちはのびのびと泳ぎ、途中で私たちだけが知っている夜の暗礁を掠め、黒い星によって完全に隠された暗い部屋の暗闇の中で、黒くて見慣れた夜の眠りの魚たちを愛撫している。

中国の占星学者

大明通行寶
l'Aigle
Altair
Hercule
le Dauphin
Véga
le Cygne
la Lyre
Arcturus
Pégase
Andromède
les Poissons
le Lion
Regulus
Algol
le Bélier
la Baleine

中国の占星学者は、自分の死ぬ日を計算することに生涯を費やした。毎晩、明け方まで、彼は記号や数字を積み重ねた。こうして人からも忘れられ、彼は年老いていく。しかし、彼の計算は着々と進んでいた。そうして彼は目標に到達しようとする。占星学が彼の死の日を啓示せんとしていたのだ。やがてある朝、彼の指から筆が落ちる。孤独と、疲労と、おそらくは悔恨のせいで彼は死んだのである。もうあとひとつ積算をすればよいところまで来ていたのだった。

この中国の占星学者と、筆者の知っているある知識人とを比較することを許していただきたい。すなわち、その男は、金にならない仕事で一日をあくせく働きながら、なおその上に、寸暇を惜しんで、ラファルグ（訳注：ポール・ラファルグ。フランスの社会主義者。マルクスの女婿）著『怠ける権利』の膨大な校訂の決定版を準備しつつ、若くして過労死したのである。

ベデカー[1]へのオマージュ

1

ドイツの出版社名及び旅行案内書の名称。一八二七年にカール・ベデカーによって設立された旅行案内書の草分け的存在で、特に二〇世紀前半、ベデカーといえば旅行案内書を指すほど欧州では有名だった。

なんて悲しい場所だろう、鳥の釣り師のいるこの地方は…、子どものとき以来、ここへ一度も戻ったことはない…、ここは、パパが毎年、ヴァカンスに連れて行ってくれた場所だ、あんなひどい厄介事が起こるまでは…、しかし何とすべてが変わってしまったことか…、おそらく変わったのは、僕の方かもしれない。それ以来、僕はたくさんのものを目にしてきた、白黒で、カラーで、やがては立体的に。あのヴァカンスにはとても素晴らしい思い出を残し続けてきたのに、なぜ僕は戻って来てしまったのか?

実際にそこへ行くには、山を越えると、無人の湿地帯にすぎないような広大な灰色の平原を何時間も横切ることになる。列車はどこにも止まらないので、何も確認できない。そして鳥の釣り師たちの住む地方にかぶさる空は、いつも低くどんよりしていて、本当に憂鬱だ。

鳥の釣り師たちがこんなに高齢で疲れているとは思わなかった。おそらく、僕の若い頃から、すでに彼らはそんな感じだったのでは? いずれにせよ、訪ねてみるのは興味深いことだし、僕の息子がそれを目にしたことを嬉しく思うのだ。なぜなら、やがてこうした鳥の釣り師がいなくなるだろうし、それは今もなお古い伝統であり、古い職業であり、古い習慣であり、進歩によって抹殺され、姿を消すだろう素朴な風習だからだ。

彼らは缶詰工場の日陰になる低い家々に住んでおり、この集落に非常に特殊な外観を与えているのは、各家屋の中庭の奥、または貧弱で狭い庭の端にある、気球が揺れ動いている納屋である。それは彼ら家族の唯一の財産であり、唯一の生計手段なのだ。最も貧しい者は、家さえ持たず、納屋の中で、使われなくなった古い気球の表皮の上で寝起きしている。しかしながら、この表皮を長持ちさせるために、家の婆さんたちがその年老いた最後の視力をたよりに、インナーチューブの部品と靴直しに使う縫い糸によって補修することに何日もかけている。そのことによって、朝、気球が獲物を求めて出発するとき、修復された再利用品が虹色に輝き、絵のように美しい光景が広がるのだ。そして画家たちはかなり遠くからやって来て、その光景を小さな絵に飽くことなく再現する。時にはそれがパリでかなりの高額で売れることがあるのだ。しかしこのカラフルな絵のような美しさのすべてが、どれほどの労力と苦しみを表しているのか、誰が気にするだろう?

気球を膨らましているのは、ガスと同様のものだ。それを誰も釣り師たちに与えず、まるで偶然であるかのように、それを製造業者がたまたま販売し、彼らは望むがまま販売価格を設定する。つまり彼らはこの貧しい人々を事実上年季奉公させているわけだ。すべてが鳥の釣り師を過度に苦しめようと共謀しているのだ。捕獲量が悪かったり、風が強くて一週間離陸できずに地上に留まったりした場合、価格はもちろん上がるが、製造業者はより高くガスを売りつけることでそれを補う。そしてもし捕獲量が豊かになれば、鳥の値段が下がるわけだ。時には、鳥の価格が非常に低くなり、釣り師が自分の労働の成果物を安売りするのではなく、空中に投げ捨てるのが目撃されることさえある。しかし製造業者にとっては、どちらにしても利益が上がるわけだ。スズメの缶詰工場（鳥の釣り師の娘たち、子供、病人らが低賃金で働いている場所）では、昔のボスはもっと人道的で、（缶詰にする前に取り除かれる）スズメの頭を労働者に残してやっていたものだ。今では、それをみな炭火の商人に売りさばいている始末だ。やれやれ！…これが進歩というものらしい。

そして餌の価格は際限なく上がり続けている！　鳥をおびき寄せるための餌は、無駄使いをしているようなもので、気球のつり籠に戻る理由のない無数の蛾やハエや小さな虫を、鳥の群れが気球に向かって急襲してくる前に、何千羽も解き放たなければならないわけだ。昔は、夜にツチボタルを使ってよく釣りをしていたものだ。しかし、それもほぼ終わりに近づいている。それを買う余裕があるほど裕福な釣り師はほとんどいないからだ。家に十分なお金がなく、ガスを節約しなければならないときは、気球を半分ぐらいしか膨らませられない。だからあまり高く上がらない。気球はたるんでぐずぐずしながら木のてっぺんまで上がるが、そこではすでに樹木に棲む昆虫を食べている鳥が捕まえられることはない。

それでも、彼らはこの骨の折れる過酷な職業が大好きなのだ。古いゴムの切れ端を着て、コルク栓の断片で作った帽子をかぶり、小さな風船を風に揺らして街を徘徊している、骨と皮だけの痩せこけた少年に、大人になったら何をするのか聞いてみるがいい。こう答えが返るだろう、《パパのように、釣り師になるんだ！……》。そして哀れな母親は、夕方、誰もいない空を眺めて、気球団の帰りを待ちながらいたく心配していることだろう。あまりにも頻繁に、空が荒れ模様になるからだ…。荒れ狂う自然の力に常に抗うことはできないし、パラシュートは値段が高過ぎて、釣り用の気球には絶対に装着されておらず、しかもどのようにパラシュートで飛んだらよいかを知っている釣り師もほとんどいない。しかもガス製造工場の裏手にある小さな墓地には、空っぽの墓が複数あり、そこには木の十字架と《空中に死す》と刻まれた碑文だけが残されている。それは二度と家に帰って薄い鳥のスープを食べることはない男を記念したものだ。

それにしても、なんと素晴らしい団結力だろう！　荒れ狂う嵐の夜、気球が漂流し、あちこちにガスが漏れ出し、危険な雲間へゆっくりと沈んでいく遭難した同志を救いに行くため、勇敢な救助者たちが、救助すべき気球に向かって、命の危険を冒して空中に身を投げて飛び込んでいくのはなんと素晴らしい光景だろう。

夜になると、彼らは寝ずの番をしながら、古い気球の籠の中で居眠ろうとする若造を震え上がらせる昔の話を語る。気球を一口で丸呑みにする空の大蛇の話。または気球の飛行範囲を無遠慮に通過していく貨物飛行機を呪う話。つまり飛行機は小気球を引っ掛けて係留してしまい、翌朝戻ってくるはずの時間になっても、どこにも気球は見当たらないわけだ。さらに、ある日に出発したまま、二十五年後まで戻って来なかった釣り師の話。戻った時には、彼の妻は亡くなっており、子供たちは彼のことを識別できなかった。嵐のせいで通常のルートから遠く離れたところへ流されてしまい、気球が雲海の中へ見えなくなった話。そこで、この勇敢で粘り強い気球の男は、奇跡的な創意工夫のおかげで、伝書鳩だけを食べ、雲からの水分を節約しながら飲んで（雲が少なくなり過ぎるのを恐れて）、なんとか生き延びていたわけだが、まったく幸運なことに、偵察機が彼を発見して救われたのだ。この釣り師は、ロビンソン・クルーソーと呼ばれたそうだ。

ある非常に年老いた男が、気球団が海を越えて遠くへ飛んで行き、何ケ月も飛び続けた時の話をした…。彼らはアンデス山脈の上空を飛んでコンドルを釣りに行ったのだ。そんなわけで、彼らはコンコルドと呼ばれたそうだ。それにしても気球に乗った彼らはなんとタフな男たちだったことか！　今では現代の飛行機でコンドルを狩猟しているので、フランスの釣り師たちはもはや何もすることがないわけだ。毎年行われるコンコルドたちの出発と祝福は、なんと絵のように美しく感動的な光景だったことか。そして帰航の際に、男たちはツェッペリン飛行船の嘆きの歌を合唱したり、古いガスを少し使って、最近では骨董品店でしか見られない技術と創意工夫の驚異的傑作、つまり瓶詰めにされた小さな気球を彫刻したりしたものだった。

しかし今はそんなに遠くまで釣りに行くことはない。まず第一に、領空は厳重にパトロールされており、次に、鳥を新鮮に保つための冷却ケージは高価で、かなりの重量だ…。特にスズメ狩猟者が最高の収穫を得る都市空域への出入りを禁止されてからというもの、釣り師は短期間しか釣りに出かけなくなった。しかし中には危険を冒した連中もいて、僕らの祖父たちは、夜遅くの帰宅途中に、時折、物陰から大きな黒い人影を垣間見たことを覚えている。違法なスズメ狩猟者が、リュクサンブール公園やコンコルド広場をこっそりうろつき回っていたのだ。

そう、それは荒々しく、正直で質素な生活、都会の不健康な誘惑からはほど遠い鳥の釣り師たちの生活だった。僕は胸が締めつけられるような思いで、この地方を去った。というのも、この地方では、極めて独特な民間伝承と、ますます減少し、生存手段を奪われている高貴な人々が、まもなく単なる思い出に過ぎなくなってしまうだろうから…。

ラパ・ヌイ[1]

1　イースター島の現地語名。Rapa Nui

私は一九三七年二月十三日にイースター島にたどり着いた。三十年来、私はこの瞬間を待ち望んでいた。そう、三十年間、私は自分の人生を通じて、イースター島をこの目で見たいという計り知れない欲求を持ちながら、絶対行けないだろう、困難を極めた、常軌を逸する夢だと思っていた。しかし、物事を実現させるには、何事も非常に頑強に望まなければならない、だからこそこの日、一九三七年二月十三日、私はイースター島の土に足を踏み入れたのだ。

私は三十年間それについて考えてきたので、事前にスケジュールを立てていたと思われるだろう。おまけに、私を運んできたチリの練習船は、入港までの期間がたったの二日間だったので、一刻の猶予もなかったのだ。異様な青白い太陽の下で感動に震えていたと言っても嘘ではない。これは昔見た夢と同じではない、異様な青白い太陽の下で感動に震えながらイースター島に到達するというのは夢ではなかったのだと、自分に納得させるのに非常に苦労したものだ。そう、夢ではないのだ、風も、黒い絶壁も、三つの火山の起伏も、すべてが現実だった。本当に樹木も泉もなかった。そして、太古の昔に据え付けられた時とそのままの姿で、巨大な石像がラノ・ララク（訳注：イースター島にある火山）の斜面で私を迎えていたのだ。

ここで私は、欲求が死んでしまったこと、欲求が満たされてしまったことへの恐ろしい苦痛について、人の失望を招かないよう語らねばならない。ホア・ハカナナイア[2]の姉妹たちと対面して、私は悟ってしまったのだ。というのは、こんなに素朴で、こんなに現実的なものを求めるために、長く待ち望んだあげく、はるか遠くまでやって来るほどの値打ちはなかったのだと。そして明らかに前日の晩までに作られたと思しき、腹に穴の空いた小さな彫像をしつこく私に押しつけてくる汚らしいラパ・ヌイの虫けらのような連中に文句を言わねばならない。生まれながらに絶望的な場所で育った連中だと思うとよけいに残念なことだ。私が火山のふもとにいたことは、自分以外に誰もあずかり知らないことだ。ただ、なぜ自分がそこにいたのか、なぜ三十年間もいつかそこに行きたいと頑なに思っていたのかが分かったのだ。そのあげく、私はついにそこにいたわけだ…。

私が三十年間、イースター島に行きたいと思い続けていたことを除けば、ここまで書いてきたことは全部本当の話ではない。そこでは何かが私を待ち受けているはずだが、私はそこに一度も行ったことはないし、おそらくこれからも行くことはないだろう。

2　百五十年ほど前に英国人に持ち去られ、現在は大英博物館が所蔵している小さなモアイ像。

機関士

SIMPLEX

この列車はずっと長い間、走り続けているんだよ、お客さん、何年もずっと。それに言っておくが、このデッキに来るのは禁止されているんだがね。どういうわけであんたを案内するはずのエンジニアが一緒にいないんだ？　この点に関する規則は、他と同様、正式なもので、そうでなければ規則を設ける意味がないんだがね。言っておくが、鉄道にまったく縁のないあんたは、それなりの保証がない限り、動く機関車に乗り続けることはできないってことを分かってほしいんだ。そもそも、どうやってここに来たんだい？　え、何も分からない？　たしかに、この列車が出発してからというもの、全部が大きく変わってしまった…でも、もうどうでもいいんだよ。走っている列車から、俺たちも誰も、降りることはできないんだからな。正直言って、最近は奇妙なことがいくつかあるんだが、俺はこの業界に三十年間携わっているんだ。

これ？　なんでもないさ、停止命令の警報音だ。最初は不安に襲われたが、慣れたらどうってことはないさ。もうすぐ止まるだろう。昔からよく鳴り止まないんだ。想像してもみろよ、どこにも到着せずに進み続けているのを乗客が分かった時といったら！　あとで、彼らは諦めざるを得ないわけだ。結局のところ、それは俺のせいではないと、彼らは納得して終わるわけさ。ただ時々、俺のせいだと蒸し返されるんだが、もうあまりうるさくは言われないよ。発作でないとすれば、誰もがパニックに陥るものさ。だって、絶望感に満ち満ちた音が一時間鳴り続けるんだからな。そう、絶望感でいっぱいの音さ。おかしな話だと思われるかもしれんが、あんたも承知のように、警報音には慣れてしまうものさ。電話線の向こう側にしがみついている奴は誰かと思っているうちに、最後には奴を区別できるようになるものさ。そうさ、これは変な空想にすぎないかもしれんが、それでもあり得ないことは起こるものだと、あんたは俺に言いたいんじゃないか。時々、新たな乗客がいるような気がするわけだが、連中は何が起こっているのかが分かると、すぐに警報音を鳴らし始めるんだ。そんなことをしても何の役にも立たないと他の連中が説明しているにもかかわらず、そうするわけだ。でも、誰も降りることはできないわけだから、新たな客が乗って来られるわけもないよな？　ああ、ほら、音が鳴り止んだよ。

俺たちは乗客の状況を確かめに行くことはできないんだ。俺は自分の持ち場であるデッキから離れるわけにはいかないし、もちろん火夫もそういうわけにはいかず、乗客もこちらへ来ることはできないいし、あえて来ようとする奴もいない。俺たちは普段、後ろに何を牽引しているのか、それが豪華な寝台車であれ、セメント積みの貨車であれ、気にしていないんだが、今回はたぶん、必要以上に後ろの車両のことを考えすぎてしまったようだ。後ろはカーブを曲がる時にしか見えないし、一度にちらっとしか見えない。しかも、終わりが来るとは思えないような、こんな夜に、何が識別できるというんだ？　以前は、乗客が窓から手を振っていたり、車両のステップに立ってぶら下がっていたりするのを、ちらっと見かけたこともあったんだが、闇夜になると、すべてが通常に戻るんだ。誰かが人目を引こうとしたとしても、もう俺には何も見えないわけさ。

それ以外は、すべてが規則正しく進んでいる。間違いなく線路を管理している奴がいるはずだ。すべてが順調で、信号を見逃したことはない。景色に見覚えがないとは言えないんだが、子供の頃に見た平原に似ていて、それが何度も始まるんだ。フラマン速度計とレコーダー（訳注：蒸気機関車に設置されている速度計とそれを記録する紙テープ）は正常に稼働しているし、いつもロールに紙が巻き付いている。到着した時にそれをチェックする奴は、途方もない仕事量になるだろうな。石炭は少し多すぎるようだ。それはまるで子供を作って増殖しているみたいなんだ。燃やすのをやめたら、そいつはデッキに転がり落ちて、まず足首に、そして膝にまで這い上ってきやがる。そうなったら致命的だ。昔は、大きなシャベルで石炭を投げ返していたもんだが、振り返ると量が二倍になっているわけだ。一番いいのは、燃やすことだ、だってそのために作られたものだろ？　ただし、もはやブレーキもバックすることもないんで、ひたすら線路を進むしかないことは分かってくれ。幸いにも、線路上に障害物もないし、俺たちを邪魔するような駅もない。俺たちが出発してから、駅など一度も見たことがないんだ。まるで水が流れるのと同じことさ。

俺んとこの火夫は悪い奴ではないようだし、仕事を怠けることもない。でも二人はほとんど付き合いがないんだ。奴と一緒に仕事に出るのも初めてのことだし、俺は新しい火夫と初めて仕事をする時は、奴に決して話しかけないと決めているんだ。というのも、そうすることで、奴の仕事ぶりを見ることができるからな。しかも奴は、俺たちを埋めようとしたり、デッキから俺たちを締め出そうとする石炭に手いっぱいなわけだ。あとで分かったが、奴の名はエドモンというそうだ。

もしかして、あんたは客車から偶然やって来たのかい?

おやまあ、奴はもうここにはいないね。おかしなお客さんだね。いつか太陽が昇るとしたら、どちら側から昇るんだろうね。アメリカでは、駅に直通の電話が車内にあると聞いたが、そんな仕掛けを使ってもねー…やれやれ…。

たとえ自覚していても、四六時中、列車を動かしていたら疲れるものさ。結局それは何を意味してるかって? そう、年を取れば、疲れてくるってわけさ。俺はとても疲れているんで、もし燃やす石炭が尽きればとか、もし俺の手元のいつもの位置にあるはずのエアブレーキが見つかって、ついに列車が本当に停まってしまったら、俺は列車から降りてどうなるのかと考えてしまうんだ。俺たちはいったい、どこの地方にいるんだ？　どうやって家に帰るんだ？　幾晩も過ごした後、冒険を求めるんじゃなくて、ただ単に仕事をしている間に残してきた連中と再会できる日は来るんだろうか？　火夫は好きなようにすればいいさ。俺？　俺は降りるつもりはないぜ。

紅柘榴石
<small>カーバンクル</small>

紅柘榴石《カーバンクル》が何なのか、私には分からない。

私は紅柘榴石《カーバンクル》という言葉の意味を完全に忘れてしまったが、今夜、頭の中で、白熱した小石を転がすように何度も何度もその言葉をひっくり返してみる。いずれにせよ、紅柘榴石《カーバンクル》とは、私が愛する女性にぴったりの何ものかだ。

私は紅柘榴石《カーバンクル》にまつわるクリスマスの話を思い出す。それはまさにイギリスらしい探偵小説だった。ロンドン郊外のぬかるんだ道が街灯で輝いていて、青いダイヤモンドを呑み込んだ白い鳥がいる光景。

この市松模様のような回想のおかげで、私の記憶は紅柘榴石《カーバンクル》が貴重な石であることを私に納得させようとする。たぶんそれは、海賊が持つ金色のスカラベ（訳注：コガネムシを象った神聖な石）で、暗闇の中で光っているだろう。たとえば、リラは紅い髪に燐光を発する紅柘榴石《カーバンクル》をいっぱいつけて、ブラジルの夜を歩いていたとか。

紅柘榴石《カーバンクル》は、どんな王国に属していようが、誇り高く、燃えるように情熱的だ。紅柘榴石《カーバンクル》を手に持とうとは誰も思わないだろう。それはすぐに燃え上がり、肉が焼けるような恐ろしい悪臭を放つだろう。紅柘榴石《カーバンクル》のネックレスは、それを身に着けた者の胸を焦がすだろうが、リラの乳房の上では、無力になって消えてしまう。

たぶん私は間違っている。紅柘榴石《カーバンクル》は、おそらくセイウチとカリブー（訳注：カナダのトナカイ）が混ざった極北の動物にすぎないのかもしれない。その動物は、湿った青緑色の地衣類を探して霧の中をさまようことしかできない。霧がとても深いので、彼らは互いに一度も会ったことがない。いやいやそれは違う、紅柘榴石《カーバンクル》も彼女と同じで燃えるのだ。私の頭を霧で満たしているのは、パイプの煙を出しているあの探偵であり、その霧が私にテムズ川とその岸辺を区別できなくさせているのだ。

また紅柘榴石《カーバンクル》は、鷲から身を守ろうと身をかがめる球状昆虫の一種でもない。それならどうだと言うのだ？

紅柘榴石《カーバンクル》とは、彼女の髪の深紅のウェーブか、あるいは彼女が時折、破廉恥な口の中から発する猥褻な言葉以外の何ものでもないのだ。

瞳からの涙

私たちの中で、空想的な物語に興味を持つ年頃に、ハイエナの顔、青銅の唇、碧玉の瞳、そして無害な男根よりも致死的な毒蛇にはるかに近い生殖器官を、創造主から授けられたと語るあの登場人物の物語に魅了されなかった人がいるだろうか？　他の特殊なキャラクターの中でも特に気難しい性格だったようで、この人物は、短く不幸な人生を通じて、彼の言う《宇宙の緑の膜》（これは完全に彼独自の表現だ）の中で身動きが取れなくなり、自分が笑うことは不可能であることを知ってもらいたいと訴えた。この告白に続く奇妙な体験についてはここでは触れるつもりはないが、それに付随する主要な小道具が、よく研がれた剃刀だった。今、私は、これと極めて似通ったケースでありつつ、言ってみれば、これと完全に逆の話を書きたいと思っている。

これは私の親しい友人、簡略にするためジャンと言っておくが、一度も泣くことができなかった友人の話だ。このケースは、先述した多重人格的な主人公の場合よりもさらに奇妙であるように私には思える。なぜなら、笑う機会よりも泣く機会のほうが依然として多いのは明らかだからだ。

しかしジャンは、四十二歳になるまで、どんなに望んでも、涙腺から、ある者は心の露と呼び、またある者は、より具体的に、粘液、水、塩、石灰リン酸塩から成る液体と呼ぶものを、一滴も搾り出すことができなかった。他の人間と同様、彼もまた泣くべき十分な動機に遭遇してきたはずだ。彼の幼年時代は失われていた。その幼年時代、彼は多くのことに失望した。十代の頃、彼は不当な苦しみを味わい（不当でない苦しみがあろうか？）、おおかたの予想通り、愛する人々と別れることになり、軽蔑し憎んでいた人々が勝利するのを見届けた。彼は、月明かりや海の景色に刺激されて、最も乾いた瞳にわずかでも湿り気をもたらすような甘い恍惚感や、鷹揚で豊かな感情の高まりさえ経験していた。しかし一滴すらこぼれない。次から次へと医者を呼んだが、彼らは患者の体調がまったく正常であり、一対の涙腺が極めて良好な状態であることしか確認できなかった。

さて、この男は、最も愛した女性が亡くなった時、親友が彼を騙し破滅させた時、最も憂鬱なドラマが演じられているのを見た時、ある冬の朝、前夜にホテルの共用シンクで冷水で密かに洗った穴のあいた靴下を、まったく乾いていないまま、かじかんだ足に履き戻さざるを得ず、不快感のどん底に陥った時——同じような運命にあって、みじめなあまり少しでも涙を流さなかった人はほとんどいないが——この男は私たちが共有する慰めを拒否する性情の持主だった。この男は、突然の予期せぬ幸運によって、卑怯な追従者たちへの計り知れない軽蔑の念に満たされた——そして連中は人間の善性に対する一切の信頼を彼に失わせたわけだが、その喪失感は誰でも涙を流して強調するであろう——この男は、正直に、誠実に、あらゆるふさわしい瞬間に泣くために生涯をかけて努力したが、一度も成功することはなかった——ところが、この不幸な男は、ある秋の夜、突然泣き出したのだ。

私たちはその理由を知っている。調査の結果、彼は信用して入った食料品店で、昔気質の礼儀正しさで百グラムの塩を懇願したことが明らかになった。彼は食料品店で親切な共感を持って接し、兄弟愛を少しでも叶えてもらうつもりだったが、食料品店は、彼に最もけち臭い残忍さで答えた。「もう塩はないよ」。決して泣くことができなかった男は家に帰り、心底からひどいショックを受け、泣き始めたのだ。彼は出来事を逆の順番に思い出して一時間泣いた。まず食料品店の底意地の悪さについて、次いで人類という種のおぞましさについて、そしてギュスターヴの裏切りについて、愛していた女性の死について、トム伯父さんの死について、歌劇の椿姫の死について、濡れた靴下について、家事の当番でない日の便所掃除のつらい苦役について、地理の授業で最下位になったことについて、初めて生えた歯について、一時間泣き、もう一時間泣き、さらに泣いて、眠りについてもまだ泣いていたのだ。朝になると、彼の悲しみはいくらか和らいでいたが、寝ている間に泣いていたことと、枕が濡れて絞らねばならないことに気づいた。彼は泣きながら枕を絞ったが、その翌日の夕方になって、ようやく真剣に心配し始めた。彼は人生のすべてを乗り越えてきたのに、まだ泣いていて、とても疲れていた。涙と苦悩の夜を過ごしたあと、彼は医者を探しに行った。医者は、念のため、安静に過ごすよう命じた。

ジャンは部屋に閉じこもり、長い日々を、単調に規則的に涙を流し続けた。涙はテーブルに落ち続け、徐々にその木材を腐らせていった。ジャンは痩せ細り、孤独の中で顔色が青ざめていた。そして、この特異で恐るべき現象に驚愕する医学部の教授連の目には、彼が涙によってもうすぐ完全に溶けてしまうことが明らかとなったのだ。やがてジャンは、いわゆる人生への意欲を取り戻し、今では何でもすぐに楽しめるようになり、面白い本を読むと笑いすぎて涙を流すようになったので、その可能性はなおさら厄介なものとなった。

しかし食料品の店主は、新聞のコラムいっぱいに書かれていたこの出来事について、偶然にも自分が間接的な原因を作っていたことを知り、良心の呵責に襲われた。彼は犠牲者の前に現れる勇気がなく、謝罪の手紙を添えて、特別に精製された塩の袋を郵送した。その袋は朝の八時に届けられた。

午前九時にジャンの部屋に入った掃除婦は、恐怖で後ずさりして気を失い、毎日何回も使っていたバケツとスポンジを滑り落としてしまった。目も当てられない飛沫と物体の真っ只中、部屋の四隅にまで、私の不幸な友人の手足、頭、内臓が散らばっていたのだ。食料品の店主からの手紙が開かれたまま、彼の右手から取り除かれたが、その手紙を読んだ彼は、激しく心を動揺させ、泣き崩れたに違いなかった。

天国のレーモン・ルーセル

レーモン・ルーセルは死んだ後、彼が正当に権利を行使し得る国にたどり着いた。しかし、まず何よりも自分がどこにいるのか分からなかったので、ジュール・ヴェルヌとカミーユ・フラマリオン[1]が彼を迎えに来て、それぞれが彼の手を取り、親切に案内した。彼らの前には白馬の騎士が跳ね回っていたが、その騎士たちの集中した雰囲気は、彼がこれから担う役割について気づかぬわけにはいかないことを十分に示していた。

真っ白な曲がりくねった小道を長いこと登り続けた後、彼らはすぐに自分たちが栄光に満たされていることに気がついた。そしてそのとき、無限の平和が偉大な男を捉えた。すでに三十年以上前に失われていたあの栄光、彼がその濃密な中心にあり、そこから目もくらむような光線が飛び出して盲人たちに光を浴びさせたあの栄光が、彼を完全に取り囲んでいた。今度は、彼がこれらの輝く矢の的となり、無限の空間のあらゆる点から矢が彼に向かって集まってきた。

1　カミーユ・フラマリオン（一八四二〜一九二五）フランスの天文学者・作家で、代表作に『未知の世界へ』、『死とその神秘』などがあり、オカルティズムにも造詣が深い。

正義が行なわれたのだ。そこには安息があり、彼が生涯を費やしながら一連の哀れな方策を通じて無駄に追求してきた、あの栄光を取り戻したのだ。

しかしこの平和と、最終的に達成された目標であるこの安息に、すぐに別の至福が加わった。レーモン・ルーセルは、自分の思考が、かつて自分の本を書くためにもたらされた困難な道を、今では苦もなくたどっていることに気づいた。これらの疲れ果て、骨の折れる、断固とした探求は、自分自身と外の世界との間に、人間の最も鋭敏な光線も突破できない薄い鋼鉄のカーテンが張られていて、この絶え間ない意図的な拷問は、彼の並外れた天才の代償であることを彼は知っていたが、その記憶そのものが、拒絶された求婚者の擦り切れた夢のように消え去っていった。彼の中では、これまでの傑作に簡単に追加できるほど多くの傑作の構想が溢れかえっていたため、彼はこの並外れた栄光の正当性を疑うほどだった。おそらくあの苦労は、彼の地上での仕事にのみ当てはまるものではないか？　というのも、これからは外の世界が彼の世界と照応するようになるので、彼はただ自分の見たものを説明し、想念（着想）から驚異（比類なき事象）へ、想念（花々）から驚異（装飾が施された揚げ生地のようなもの）へと極めて自然に進む彼の思考の流れを、陶酔するほどの安易さで追うだけでよくなったからである。

その後、レーモン・ルーセルは神と本当に意気投合し、親しい友人たちのために神の真似をして非常に成功し、天使たちからもさらに大きな賞讃を浴びた。

幼少期の記憶

おお、ハールレム[1]のチューリップよ！　ゾイデル海[2]の灰色の空よ！　そして砂丘よ！　今でもよく覚えているんだ！　僕たちの子供の頃、母は僕たちをよく堤防へ遊びに連れて行ってくれて――彼女の瞳はなんて青く澄み切っていただろう！――花畑には足を踏み入れないよう忠告してくれたものだった。そして十年前にドッガーバンク（訳注：北海にある浅瀬）で溺死した僕の小さな弟のピエツィは、チューリップが緑の茎で自分の小さな脚に巻きついて、わざと転落させようとしているのだと信じていたものだった。だから彼は、花が咲き誇る色彩豊かな野原の素晴らしさを右も左も見ようとはせず、パン切れをかじりながら、平坦な小道の真ん中を、どれほど体をこわばらせて歩いていたことだろう…。

もし僕が、ピエツィという小さな弟とともに、オランダに生まれていたら、あの日々はどれ

1　オランダの北海沿岸部にある、中世に栄えた古都。チューリップの栽培で有名。
2　ゾイデル海…かつてオランダに存在した湾。一九三二年に北海から切り離され淡水湖となり、その後、干拓地となった。

ほど甘美な記憶として残っていただろう！　かろうじて感情を抑えながら、僕たちの情愛の記憶を呼び起こしてしまったわけだが、死だけが僕たちの絆を断ち切ったに違いなかった！　ああ、悲しいかな、僕はビュット・ショーモン地区のあまり知られていない地域、かつてベルジエール・スタジアムが建っていたレミ・ド・グールモン通りの生まれでしかなかったのだ。そこは、家賃の安い家が密集した小さな区画で、冴えない診療所や、いくつかの空き地があり（戦争がここに何をもたらしたのだろう?）、すべてが並外れて高い階段でパリの他の地域から隔絶されていたが、そのいくつかの通りは、より豪華なアパルトマンが立ち並ぶ下の通りにつながっていた。毎晩、学校から帰ると、この階段で乱闘シーンの撮影があり（当時は無声オムニバス映画の時代だった）、僕たちの両親は、毎晩、一日の仕事を終えたあとは、あんなに疲れる階段を一度も降りることはなかったし、それは《街に出る》という大層な感覚だった。というのも、その高台にある我らがベルジエール・スタジアムは、食料品店主や薬剤師、そして吹き出物とフケにまみれた詩人によって設立された自由な共同生活圏《コミューン》さえある、まさにひとつの小さな村だったからだ。詩人は――ビストロも兼ねた食料品店の奥の部屋で――いささか表現が時代遅れの愛の詩を朗読したり、彼がモンマルトルと言いたがっている《ライバルの丘の寄席芸人《シャンソニエ》たちのひそみに倣って》、反政府的な唄を聞かせるのだった。

しかし、僕はここで何を語っているのだろう?　どのような秘密の計画が、僕に真実を歪曲させようとするのだろうか？　それは必ずバレるのに、なぜ僕は言わないのか？　僕の母は、フリースラント州（訳注：北海に面したオランダ北部の州）の貧しくも体の丈夫な農民ではなかったし、僕が想像していたようなお針子、つまり困窮して生気のない、みすぼらしいお針子でもなかった（彼女はどれほど僕を愛していたことか！　二十年間の針仕事でかなり荒れてしまった人差し指の先で、僕の頬をつたう涙をぬぐってくれた彼女の感触を今でも覚えている）――いや、そうじゃない、素直に白状すると決めたのに、なぜ僕はごまかしているのか――つまり僕の母は、フローレンス嬢だったのだ。そして僕は父のことを全く知らなかった…

フローレンス嬢、その名は現世代の人にとっては何の感興も呼び起こさないが、おそらく黄金時代を生き延びた人の中には、ヌーヴォー・シルク[3]で、二シーズン連続、きわどいスリルで観客の背筋を凍らせたあの素晴らしい少女のことを忘れていない人もいるだろう。フローレンス嬢は、まるでアンリ・バタイユ（訳注：二十世紀初頭に人気を博したフランスの劇作家）の女主人公《ヒロイン》のような豪奢なイブニングドレスに身を包み、鮮やかな緑色の両の瞳、まばゆいばかりの乳白色の両肩、数メートルの天鵞絨《ビロード》やレース、真珠のボタンがついた黒い光沢のある山羊革の手袋

3　パリのサントノレ通りにあったサーカス場。一八八六年落成、一九二六年に閉鎖された。当時では珍しい完全電気照明設備を有した高級施設で、観客は正装を着用する必要があった。

といった姿で、サーカスのアリーナに登場するのだった。観客の男たちは皆、彼女が登場するや、突如真剣になって熱心に集中したものだった。それに、薔薇色の白鳥の羽の大きな扇！でもママ、あなたはその美しいドレスを長く着ることはできなかった。脚を二度蹴り上げ、お尻を回して、カチッと音を立てると、そこには、まさにマック・セネット（訳注：アメリカの喜劇映画の帝王）の水浴中の美女のように、柔らかく編み上げられた黒いサテンの水着を着た彼女がいたのだ――当時の人々には思いもつかない姿だった。ボックス席から最後列まで、かなりの数の観客が詰めかけ、下にある円形のアリーナは光の受け皿のように見えていたが、その姿は観客全員にとって、まさに衝撃だった。サーカス団長は静粛を要請する必要はなかった。というのも、フローレンス嬢が縄梯子でサーカス場のてっぺんまで登っている最中、誰も笑おうとしなかったからだ。観客は、その崇高なお尻や、きらきらと狂ったように輝く金髪が、天に向かって昇っていくのを眺めながら、何かしら感動にときめいていた。その後、物事は非常に早く進んだ。薔薇色の光のラインが、上から下へと流れ、水しぶきが上がり、フローレンス嬢が満面の笑みを浮かべて、肌を濡らしながら、小さな水槽から飛び出てきたのだ。まさか彼女がこのような劇的な方法で入場するとは誰も最初は信じられなかった。そして観客は拍手して、彼らが探し求めていた恐怖から解放された。あの甘美にして、情欲をそそる天鵞絨《ビロード》のような機械が、一瞬にして骨と悲鳴に貫かれ、ぺちゃんこになって血まみれの肉の塊になるのを見る恐怖から解放されて…。

その間、懐具合の状況によって、僕はサーカス場のボックス席、あるいはホテル・リッツ、またある時は、パノヨー通りにあるアヴェロンの託児所で眠っていた。そうでない場合は、いわゆる父親たち、つまりどこから資金を出してきたのか知らないふりをする紳士たちのところで過ごしているのだった。それでも、それは恥ずかしくないお金であって、肩書きのある紳士か、ひと握りの株式仲買人ばかりで、かつては全員が株式仲買人だったと僕は思っている。でも僕は彼らを見た覚えがなかったし、母の親しい友人のなかで知っていたのは、母の影に隠れて生き、嫉妬じみた崇拝に打ちのめされ、美しくも憔悴していた赤毛の女性だけだった。名はマルジョレーヌだったか、マジョリーと言ったか、僕はそれしか覚えていない。

そしてある日（それは起こるべくして起こったのだが）、フローレンス嬢は、水槽から外れて落ちてしまったのだ。そしてマジョリーは、僕をイギリスへ連れて行った。愛とは何かを僕に説明してくれたのは彼女だった。しかし――彼女はそれに全力を尽くしてくれたのだが――僕はフローレンス嬢のことを極めて不完全にしか思い出せなかったに違いなかった。というのも、煙がいっぱい立ち込めた十月の夜、たった独り、セーターを着て、イースト・インド・ドック（訳注：ロンドンのテムズ川下流域に建設されたアジアとの貿易品の集積地。十九世紀から二十世紀前半まで使用された）で、黒ずんで滑り落ちかねない危険な舗道の上にいる、十七歳の自分の姿を発見したからだ。あまりに滑りやすいので、マラッカ、セランゴール州（訳注：マレーシアの州）、ゴムの樹々までの坂道を滑り降りるしかなかった。そしてムルンダヴァ（訳注：マダガスカルの都市）の不潔な法廷で、汗をかき、毛むくじゃらで偉そうな私の弁護人は、ハエを潰すために自分の頭を激しく平手打ちしていた。

真面目に話そう。冗談はこれで十分だ…僕は生まれた…いや待ってくれ…僕は…生まれたんだ…ああ、もう何も分からなくなった…僕の母に関して、彼女は…でも、母はどこにいるんだ?……心底から思うんだ、僕は一度も生まれてこなかったんだと。

幼少期の記憶の弊害

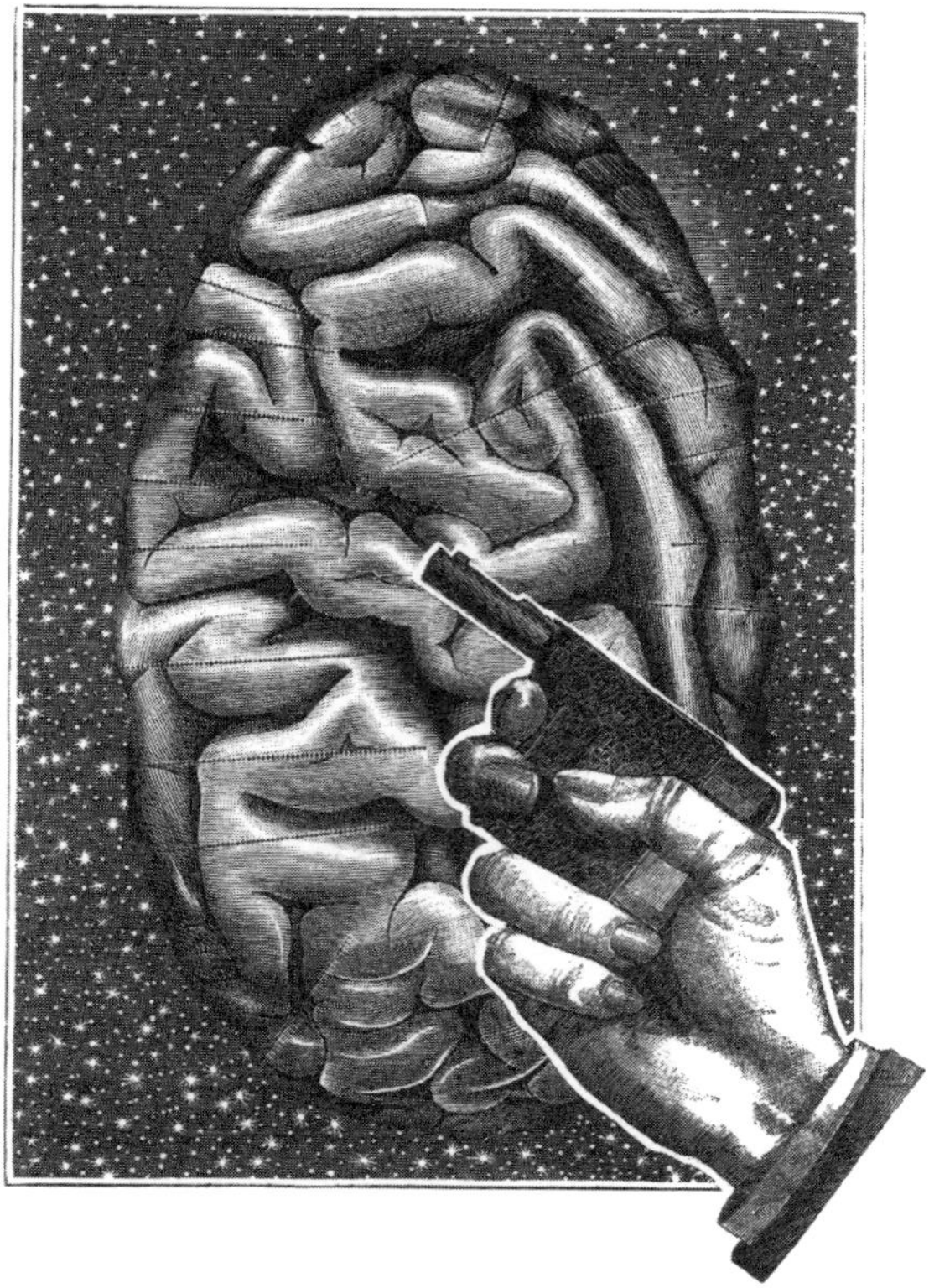

ボーイがレンズ豆のピュレーを給仕したとき、我々の主人《ホスト》であり、わが友であるKは、少し慌ててそれを断り、したり顔で小さな目をわずかに細めながら言った、「いや結構、それはエサウが食べるものだ！」[1]。このほんのわずかな古めかしいジョークに、かすかに笑う親切な人も少しはいたが、その中で最も美しく、その夜、漆黒の羽根のネックラインがまばゆいばかりのKの妻は、死刑宣告にも等しい暗くて怒り狂った視線を彼に投げつけた。しかし、私たちは彼女をよく知っていて、彼一人を除いては、誰もがこうした死刑宣告には慣れっこだった。彼は真っ赤になって、情けないほど無頓着な調子で説明し始めた。なぜなら、何よりも高く評価されるものと欲していたからだった。

1　エサウは、旧約聖書や『創世記』に登場する伝説上の人物で、空腹のあまり弟のヤコブの作っていたレンズ豆の煮物を欲しがり、軽い気持ちで長男という自分の大きな権利を譲るという口約束をして、レンズ豆を食べた。その約束が後年の彼の後悔のもととなり、一時の欲望に負けて禍根を残したという有名な逸話。

《ああ、私は年を取ったと思います。というのも、時々、厄介なことに、言語のオートマティスムを制御できなくなるからです。レンズ豆のおかわりを勧められたとき、私はこう答えずにはいられませんでした、「いや結構、それはエサウが食べるものだ」と。これが面白くないことは分かっています。この馬鹿げた言葉が私を思考のスパイラルに引きずり込み、そこから抜け出すのが極めて難しいわけですが、これはもはや私には手に負えず、どうしようもありません。そして、それを口に出すや否や、口にしている最中でさえ、恥をかいて謝らなければならないことが分かっているのです。すると、すでに同じような謝罪をしている自分自身の声が聞こえてくるのです。謝罪しか為すすべがない以上、それは私にとってごく当たり前なわけです。理性の声に私はあまり耳を傾けてはいませんが、その声が、私のジョークの愚かさを主張したり、指摘したりしないでくれと、私に懇願してくるわけです。その声はコメントを付け加えるまでもなく、あまりにも明瞭なのです。しかし理性は、今夜も他の夜も、決して勝つことはありません。あなたがたは、いったい何を期待してらっしゃるのでしょう！　このジョークは、少なくとも私が人生で初めて耳にし、または理解した言葉の遊びなんです。コルマール（訳注：フランス東部の町）出身の私の年老いたシュムル叔父さんは、事あるごとにいたずらっぽい目配せをしながら、レンズ豆が関係しなくても、いつも同じように喜んでジョークの言葉を発していたものです。誰かが彼に望まないものを差し出すたびに、彼は「いや結構」と断った上で「それはエサウの食べるものだ」と付け加えたものでした。弁解のために言っておかなければなりませんが、彼はこのジョークの意味を毎回、何度も私に説明してくれました。それは彼にとっての儀式だったのです。彼は非常にいい人でしたが、いささか単純で、穀物を売って生計を立てていたからです。その後、長じてから、私は彼のことをあまりいいふうには思いませんでした。シュムル叔父さんのことを話しても、事態が必ず良くなるわけではないことは分かっています。特に、私は長い間の経験から、この最初の言い訳は良くないと確信しており、事態を悪化させるばかりで、決して叔父さんを使った弁解を始めるべきではなかったのです。なぜなら、ちょっと前なら、「それはエサウの食べるものだ」と言ったことだけを謝るだけでよかったのに、今となっては、自分の言い訳に対する謝罪と、シュムル叔父さんのことを話したことについても謝罪しなければならないからです。でも残念ながら、たとえあなたがたが私の謝罪を許してくださったとしても、私は許されたとは感じません。なぜなら、誰も興味のない議論を利用して、何としてでも自分の無罪を証明したいという事実がある以上(私にもたらしてくれた皆さんの友情を考えると、あなたがたの誰もが私を非難しないでしょうが)、私が今言ったことのすべてについて謝罪せざるを得ないことをよく分かっているからです。そして、私が最も心を痛めているのは、この三度目の謝罪要求です。なぜなら、私が皆さんの前で、あまり言わないでおこうと思っていたこの言葉を初めて口にしたときから、そうなると感じていたからです。その瞬間から、あの不運なジョークを言った時よりも、自分が本当に不快になり始めていると感じるのは、毎回とても耐え難くつらいことなのです。というのも、ユーモアへのあなたがたの欲求に対して愚かな申し出をしたことを取り消すことはできませんし、確かに、レンズ豆のような食べ物など私には不要だったわけですから。それでも、あなたがたが私のこの嘆願をお聞きになったのは初めてですが、私にとっては、ついにあなたがたを説得できたと確信できるまで、自分を安心させる正論を見つけるために、一度も脱出できずに、議論の迷宮に迷い込んだのは、おそらくこれが百回目かもしれません。しかも、ご想像のとおり、弁護する理由を失ったわけで、申し訳ありませんが、私は告発者になるつもりはありません。私がこれから言おうとしていることは、あらかじめご容赦いただきたいのですが、正当な言い訳にはなりません。しかし酌量すべき事情としては許容されるかもしれませんので、あえて申し上げます。私は、ヴィオレットがおもてなしの際に定期的にレンズ豆をメニューに載せていることを責めたりはしませんし、たとえレンズ豆に関する発言の誘惑に、私が喜んで身をさらすという我慢のならない結果になることを彼女がよく承知していたとしても、彼女を責めはしません。しかし、危険は最小限に抑えられると思いますので、私はレンズ豆のおかわりを私に差し出さないよう、給仕のオスカーに指示してほしいと彼女に毎回お願いしているのですが、残念ながら今日もそれが聞き入れられなかったことに気づいたのです。（ご想像のとおり、私自身も彼に何度もその指示を与えてきたわけですが、彼の頑固さに直面して、彼は私の妻の命令だけを聞き入れたがっていると思いました）。ただし、彼が最初に小皿に添えて給仕したときは、私がジョークを弄する危険がないことは明らかです。レンズ豆について話す際に、「それはエサウが食べるものだ」と言うのは馬鹿げていますし、正確に言えば、エサウが食べるものではないわけです。シュムル叔父さんだけが…、いやその話題には戻らないでおきましょう。要するに、私は毎回願っているのです、初回にレンズ豆をたっぷり給仕された私を見て、オスカーがそれ以上レンズ豆を私に差し出すことのないようにと。ところが私の度重なる要請と個人的な努力にもかかわらず（というのも、あえて言わせてもらえば、私はレンズ豆が大嫌いで、だから絶対おかわりはしないんです。ただのジョークだとは思わないでください）、食事のたびに、オスカーはレンズ豆を私に勧め、皆さんもご存じのように、私は大声で「それはエサウが食べるものだ」と答えてしまうわけです。その発言が即座に私を混乱のどん底に突き落とし、今この瞬間も私が苦しみもがいているのを、あなたがたは目にしているわけです。私たちは何千もの刺激的な、あるいは真剣な話題について知的な会話を交わしていたかもしれません。そして、そこにいる皆さん全員が、刻々と増大する痛切な悲しみの表情で咀嚼しながら私を見つめているのが私には見えます。つまり、私の鍛えられた目は、あなたがたの視線のなかに、疲労と激しい苛立ち、そしてこの話がもうすぐ終わるだろうという期待があるのを見て取っています。

ところが、四度目の謝罪を発表する前に、この話を止めようと私に決心させるものが何もありません。そして今日、なおも私は、どんな犠牲を払ってでも、この話を最後までやり遂げなければならないことが分かっているのです。ほんのわずかなチャンスでさえ、おろそかにすることはできません。

次のことはまったく明らかなんです、つまり私がオスカーに「それはエサウが食べるものだ」と言ったとき、私が意図していたのはむしろ……》

ちょうどそのとき、数分前にひっそりと立ち上がってテーブルを離れていたヴィオレット・Kが戻って来て、夫の脳みそを撃ち抜いて彼の語りを断ち切ったのだった。私たちはすぐに他の話題について会話を交わし始めたが、Kの四度目の謝罪が何だったのか、永遠に分からないままだった。

文学という立派な職業の失敗

自分にはほとんど責任がないと思われるテクスト——つまり、それを書き出す直前でさえ、何も考えずに、いわば口述筆記をして、もし書き出しを間違えたら、再構成するのは絶対に不可能であるようなテクスト——は別として、私は自分が特に気に入っているいくつかの文章を論理的な箇所に挿入するという、非常に明確な目的を持って、約三十冊の小説を書きたいと思っている。もちろん、私にはそのようなことをする暇はないし、その企てについて、それ以上の夢を見ることさえない。しかも、私が大好きな文章を考えて書き留めたとしても、小説の創作を継続できる保証はどこにもない。お気に入りの文章がまさに小説の最後の一行に偶然来ない限り、私はおそらく一冊も書き終えることはないだろう。しかも、私に小説が書けるなどとは、まったく誰からも言われたことはない。一度、連載ものを書かなければならなかったことがあるが、恐ろしいほど難しく、最初の試みで憤りに襲われ、その後、自分の能力に大笑いしたものだ。

私はむしろ、小説における雑多な文章を一度に、きっぱりと削除するほうを好んでいて、その方があまり面白くない小説を書くよりはるかに早く進むだろうと思っている。

こうした連載ものの失敗にもかかわらず——その主張の根拠を少しも提示できないままだが——私は、まさにこの種の懸念が一部の小説家たちに膨大な量の作品を書かせたのだと確信し続けている。私が確信したいこと、それは私の見解では、ヴィクトル・ユゴーが『海の労働者たち』で、次の文章をふさわしい場所に位置づけるためにだけ書かれたことが、最も感動的な例証になると思っている。すなわち「その瞬間、彼は自分の脚が掴まれているのを感じた…」、これは間違いなく、作品に先立って書かれた（私にとって）最も恐ろしい文章のひとつだ。同様に、「それは一発の鉛の弾《たま》だった…」という文章が、ジュール・ヴェルヌをして、おそらく『神秘の島』三巻を苦労して書く値打ちがあると思わせたに違いない。同じく章立ての最後の行、「フレデリックはぽかんとしてセネカルを認めた」、この文章がフローベールをして『感情教育』を書く気を起こさせたと私は見ている。同じく「天井に足跡がある…」、この文章が『バラオ』（訳注：フランスの作家ガストン・ルルーの小説）を生み出したのだ。

これらの模範例に匹敵すると主張するわけではないが、特に私は、責任ある小説家ほどには一貫した態度を取っているわけではないので、ここに私が小説で飾りたかったいくつかの文章を以下に書き写してみよう。

「でも入ってきたまえ、友よ、家でくつろいだらいいさ!」。ドアの向こうから好意的な声が叫んだ。するとジョセフ・Kが入って来た。

二人が最後に会ったのは、一月の短い夕暮れの最も暗いとき、カフェ《トゥー・ヴァ・ビアン》(訳注:tout va bien「すべてがうまくいく」の意)のテラスだった。そこはまさにパリですべてが最悪に進んでいく(訳注:tout va le plus mal)場所だった。彼にとって、彼女がこれほど青白く痩せ細って見えたことは一度もなかった。

「運転手さん、マルセイユ行き急行列車に間に合うようリヨン駅に到着したら、千フラン進呈するよ!」

ロム・ド・マルブル通り(訳注:直訳すれば「大理石の男の通り」)とガテ広場(訳注:直訳すれば「腐った広場」)の間には、路地や中庭、袋小路やパサージュが網目状に錯綜しており、そこへ彼はデシウス・ムスの追っ手から逃れて隠れにやって来た。

サド侯爵は、仕事の邪魔をされたくなかったので、独房の扉がしっかりと閉まっているかどうか確かめに行った。扉は外側から二重の閂《かんぬき》で閉ざされていた。侯爵は典獄の厚意で取り付けてもらった室内の掛け金をかけると、さも安心して机に戻り、再び書き始めた。

何年かが過ぎた。ロンドン警視庁の紳士は、死んでから、誰も気づかないうちに、彼の幽霊に取って代わられていた。べべ＝デ＝ロゾ（訳注：直訳すれば「葦の赤ん坊」）も死んだし、好事家が天鵞絨の脚と呼んだ澄んだ瞳の小さなグリセルダも死んだ。その時代全体を通じて、老人パベル以外、誰も生き残っていない。彼は自分の生活道具と同様、ほとんど変わっていない。輪切りの紙を圧縮して作られた杖は、金箔が浮かんでいるキュンメル酒（訳注：クミンで風味をつけたリキュール酒）の瓶の上にまだある。そして、以前と同じように雨が降っている。

「最後の審判など、あるわけがないだろう」と、ポピンコート氏はよく言っていた。「悪人が流す涙は、闇と沈黙、そして忘却の中へ流れ込み、決して償われることはない。さらに良いことには！　悪人はその邪悪さから二重の利益を得るのだ。まず第一に、悪人はその邪悪さを賞讃してやまない。それ自体が彼の満足の源である。さらにその邪悪さは、他の人が優しさのせいで躊躇して失敗する場面で、彼を成功させるのだ。幸せに生きるためには、邪悪に生きていこうではないか」。これが意地悪な感情に支配されながらも、人が好くて、不幸で、繊細なこの男の言葉だった。邪悪さの点に関して言えば、この男の妻は、彼に対して何ら自制することはなかった。

四月のある晴れた朝、彼はリラ門を通ってパリに入った。

「おやおや、勝負に負けてしまった。一人で上海に戻るとしよう」と彼は思った。

「子牛を連れてきてくれ！」

ジェヴォーダンの怪物が影で笑った。

これは、ある貨物船上で今でも語られている古い話だ。もちろん、ピカピカの石油タンカーやアメリカの大型輸送船ではない。私はこのような貨物船の上で、人生最高の時間を過ごした。この哀れな貨物船は、鋼板が歪んでもたなくなっており、一等航海士たちはやる気が失せると文句を言うのだが、その惨めな状態を隠そうと、試みに黒いペンキを何層も塗り重ねたおかげで、辛うじて崩壊を免れていた。これらの貨物船が、厚かましくも、大型客船やレジャー用ヨット、その他のまともな船の船尾に停泊すると、最低の浮浪者でさえ欲しがらない、寄生虫が蝟集した泥だらけのすり減った靴のように見える。それはまるで、悪ガキどもがパッカード（訳注：二十世紀初頭の米国高級車）の後ろの合金に引っ掛けたカビだらけのゴミのようだった。金に困った船主たちは、こうした貨物船をただ同然で買い上げ、法外な額の保険をかけ、最も高額なタラップまで木材を満載させ、見たことのないような悪天候のなか、ボイラーが破裂したままガスコーニュ湾に向けて送り出すのだ。そのあと、船主は手をこすりながら帰宅し、向こう見ずに結婚した若すぎる妻に、彼女の持っているコートが本当に少し擦り切れ始めていたので、もうすぐ新しい毛皮のコートを買ってやろうと思い切って約束してしまう。半月の間、黄金の夢を見た後、貧しい船主は、リスボンの代理店から心強い電報を受け取った。貨物船は、かなり高額な修理を伴う困難な航海の後、無事に到着した。すでに船長は、帰りの積荷を見つけたところだと。そして船主の友人たちは、彼を大いに祝福して拍手喝采したが、それで慰められる人は誰もいないわけだ。今回沈まなければ、次回もそうなるし、永遠に沈むことはないだろう。このような貨物輸送業者を粛清するには、少なくとも戦争が必要だ。流行の移り変わりなど、彼らの知ったことではない。

問題の話に戻るが、一八八三年の厳しい冬のある夜、ベニゲ島（訳注：ブルターニュ沖にある小さな島）の沖合で、ル・コンケ（訳注：ブルターニュの西端、ブレストに近い地域）の六人の漁師が非常に驚くべきものを目にしたという

虎紳士

［生田耕作 訳］

観客にとっても上演する側にとっても愚かな危険を伴うミュージック・ホールの数あるだしもののうちでも、《虎紳士》と銘打つあの古めかしい番組ほど、私の心に異常な恐怖をみなぎらせるものはほかにない。それをご覧になったことのない方々のために、というのは第一次大戦後に隆盛をきわめた当時のミュージック・ホールの有様など今日の世代はご存じあるまいから、その演目がどういうものかお話しすることにしよう。自分でも納得がいかず、また他人に伝えるすべのないのは、この見世物が私をその中に突き落とす、まるでいかがわしいぞっとするほど冷たい水の中に漬けられでもしたような、突然襲いかかる恐怖と、居たたまれない嫌悪の状態である。このだしものがプログラムに出ている小屋に入らなければ問題はないわけだ、それにこれは次第に珍しいものになりつつあるのだから。言うは易《やす》しである。いかなる理由からか私にはまったく見当がつかないが、《虎紳士》はけっして予告されないし、前もって備えるすべはないのだ、いやそうとも言えない、私がミュージック・ホールで味わう楽しみの上に、一種漠然とした、ほとんどかたちを成さぬ、不吉な予感がのしかかってくるからである。プログラムに出ている最後の演目が終わってほっと安堵《あんど》の吐息をもらしたところで、このだしもの

——繰り返し言うが、つねにいつも、いわば即興風に演じられる——を前触れするファンファーレと儀式は、私にとってあまりにもお馴染《なじ》みのものだ。楽団《バンド》が、たいそう特徴のある、例の華やかなワルツを奏しはじめるやいなや、私にはなにが始まろうとしているのかわかるのである。胸が押しつぶされんばかりに締めつけられ、歯と歯の間ににがい低圧電流のような恐怖の針金が噛《か》まされる。立ち去ればよいのに、もはやその気力もない。それに、誰ひとり身じろぎもせず、私の不安をわかち合う者もない。獣がすでにこちらへ向かいつつあることもわかっている。椅子の腕木よりほかに私を守ってくれるものはないように思われる、いや、それほど当てにはならないが……

最初、客席は完全に真暗になる。次いで舞台前面にライトがひとつともされ、その真似事のような燈台の光線はひとつの空っぽの桟敷《さじき》席を照らし出す、たいてい私の席のつい傍《そば》の。つい傍の。そこからその光線は立見席のはずれの舞台裏へ通ずるドアの方へ向けられる、そして楽団《バンド》のホルンが劇的に《舞踏への招待》を奏するうちに、彼らは登場する。

猛獣使いの女は、目を見張るような赤毛の美人で、いくぶんくたびれた感じだ。武器としては、黒い駝鳥《だちょう》の扇子しか持たず、最初のうちはそれで顔の下部を隠している。たいそう大きな緑色の眼だけが波のようにうねる暗色の縁の上からのぞいている。胸と肩を大胆に露《あら》わし、むきだしの腕をライトの光で冬の日の夕靄《ゆうもや》のような虹色にきらめかせ、ロマンチックな夜会服にぴったり身を包んでいる。重々しい光沢のある、深い黒味を湛《たた》えた異様な服だ。そのドレスは信じられないほどしなやかな薄い毛皮を裁《た》ったものだ。それら全体の上に、金色の星屑をちりばめた炎のような髪の奔流。この取り合わせは威圧的で、また少々滑稽な感じもする。だが誰が笑う気分になろう? 猛獣使いの女は、扇子をもてあそび、その仕ぐさを通じて、不動の微笑をたたえたすずしい口元をあらわしつつ、ライトの光を後ろに従え、例の空っぽの桟敷のほうへ、進み出る。虎と、言わば、腕を組みながら。

虎は後足でかなり人間らしく歩いている。洗練された瀟洒《しょうしゃ》な紳士の装いで、その衣装はまったく申し分なく仕立てられており、スパッツつきの灰色ズボン、花を押したチョッキ、見事にちぢれた眩《まぶ》しいほど白い胸飾り、ぴっちり身体《からだ》に合ったフロックコートの下に、獣の身体を見分けることは難しい。だが恐ろしくひきつった顔がそこにある。紫色の眼窩のなかでギョロギョロしている狂おしい眼、猛々《たけだけ》しく突っ立ったひげ、時々まくれあがった唇の下からきらめく牙《きば》。虎は前進する、しゃちこばって、折り曲げた左肱《ひじ》のくぼみに明るい灰色の帽子をささえながら。猛獣使いの女は落ち着いた足どりで進んでいく。時どき腰を反《そ》らせ、むき出しの腕がひきつり、鹿毛色の滑らかな皮膚の下から思いがけぬ筋肉を浮き上がらせるのは、目に見えぬ激しい努力で、前に倒れそうになった自分の騎士《ナイト》を立ち直らせたのである。

いまや彼らは桟敷席の戸口にさしかかった。それを爪で一突きして押しあけ、貴婦人を通すために、虎紳士は脇に身をよける。そして相手が歩み寄って腰掛け、色のあせたビロードにしどけなく肱をつくと、虎は彼女の傍の椅子にどっかり尻をおろす。ここで、ふつう、場内は感動の拍手でわき立つ。だが私のほうは、虎から目をそらすことができない、この場から逃げ出したくて、涙がこぼれそうになりながらも。猛獣使いの女は火事にも見まごう巻き毛を傾けて優雅に会釈する。虎は仕事にとりかかり、その目的で桟敷の中に用意された、小道具を操ってみせる。オペラ・グラス越しに見物人をためつすがめつするふりをし、ボンボンの箱のふたをとって隣の女性にすすめるふりをする。プログラムを調べるふりをして、場内を爆笑させる。次に彼は女の耳もとに愛の言葉をささやくふりをする。女は憤然としたふりを装い、その美しくなめらかな色白の顔と、サーベルのような刃の植わった獣の臭い鼻面との間に、思わせぶりな仕ぐさで羽毛の扇子のもろい衝立《ついたて》をひろげる。すると虎は絶望の淵に沈んだふりを装い、その毛皮でつつまれた足の裏で眼をぬぐう。そしてこの不気味なパントマイムのあいだじゅう、私の心臓は肋骨の下ではり裂けんばかりに動悸しているのだ、というのは次の事柄を私一人が見抜き、私一人が心得ているからだ、つまりこの悪趣味な見世物はすべて、いわゆる意志の奇蹟ひとつにかかっており、われわれ一同はおそろしく不安定な均衡の中にあり、それはごく些細なことでこわれかねないのだ。もしも虎と隣合った桟敷の、つつましやかな勤め人といった風体の小男、顔色の冴えない疲れた眼つきの小男が、一瞬意志のちからを緩《ゆる》めれば、どんな事態が生じるか？　というのは、この男なのだ、真の猛獣使いは、赤毛の女は脇役に過ぎず、すべては彼にかかっているのだ。虎を一種のあやつり人形、鉄索でよりもさらに頑丈に縛りつけた一種の機械人形に変えているのは、彼なのだ。

だが万一この小男がとつぜん他のことを考えだせば？　万一絶命すれば？　刻々に可能なこの危険に誰ひとり気づきもしない。だが心得ている私は、想像に、想像を重ねる、いや、想像しないほうがいい、万一の場合、毛皮の貴婦人がどんな姿に変わり果てるかなどということは……　それよりもこのだしものの結末を眺めるほうがよい、それは常に見物人を魅了し、安堵させる。猛獣使いの女が誰かこの中で子供を借してくれる人はいないかと尋ねる。これほど好もしい女性にたいして何ひとつ拒むわけにはいかない。いつでも無自覚な女がいて、不気味な桟敷席のほうへにこにこ顔の赤ん坊を差し出す、すると虎は折りまげた両肱《ひじ》のくぼみに赤ん坊を抱いてあやすのである、その小さな肉塊にアル中患者のような眼差しを注ぎながら。万雷の拍手のうちに、場内は明るくなり、赤ん坊はその正当な持主に返され、そして二人のコンビはお辞儀をして、もと来た道を通って舞台裏に引っ込むのである。

彼らがドアを越えるやいなや、それに彼らはけっしてアンコールには応じない、楽団は思いきり騒々しいファンファーレを響かせる。やがて、件《くだん》の小男は額をぬぐいながら、がっくり前に俯《ふ》せる。そして楽団はますます派手に演奏する。それは檻《おり》の格子を越えるやいなや我に返って咆《ほ》え立てる、虎の唸《うな》り声をかき消すためだ。虎はすさまじく咆え立て、のた打ち、その美しい衣装をめちゃめちゃに引き裂き、舞台のたびごとにそれを新調しなければならない。大声をはりあげ、すてばちな憤りの悲壮な呪詛をわめき散らし、檻の仕切りに物狂おしく体《からだ》ごとぶち当たる。格子の外側では、贋《にせ》猛獣使いが大急ぎで着換えをしている。地下鉄の終電に乗り遅れないためだ。件の小男は停留所の傍《そば》の酒場で彼女を待っている。そこは《永遠に》という名の酒場だ。

ぼろぎれにからまった虎が発する嵐の叫びは、どれほど遠くで聞こえようと、観客に不快な印象を与えかねない。そこで楽団は力いっぱい《フィデリオ》の序曲を演奏し、舞台裏では、監督が自転車乗りの道化たちに登場を急がせている。

私はこの虎紳士というだしものが大嫌いだ、そして見物人たちがこれを楽しむわけがどうしても理解できないのである。

幻視者《ヴィジョネール》たちの豊饒な宇宙——解題に代えて

松本完治

本書『虎紳士』は、一九五三年、ガリマール書店《メタモルフォーズ》叢書の一冊として刊行された『機関士、その他物語』（*Le Mécanicien et Autres Contes*）を底本とし、同書巻頭に付されているアンドレ・ブルトンの長い序文を含めて翻訳したものである。本来であれば、当訳書の総題は『機関士、その他物語』にしなければならないところ、あえて『虎紳士』としたことを、あらかじめお断りしておきたい。

というのも、アンドレ・ブルトンは、米国亡命からパリ帰還直後の一九四六年、アンリ・パリゾが編集する雑誌「四つの風」（*Les Quatre Vents*）第五号に掲載された短篇「虎紳士」を読んで感銘し、同年十月、「私が長年読んできたもののなかで、最も驚嘆すべき新しい詩的テクスト」（ジャン・デュシエによるインタビュー）と絶讃、続いて一九五〇年、『黒いユーモア選集』を増補するに当たって、短篇「虎紳士」を転載し、ジャン・フェリーの項目を設けてオマージュ（本書序文の一部）を捧げており、作品の知名度から言っても、本書短篇集の白眉はやはり「虎紳士」であることに異存はないからである。

さらにブルトンは、その前年の一九四九年に、すでに本書収録の全短篇を読んでいたとみえ、ブルトンの推奨なのか、フェリーの意向なのかは定かではないが、短篇集を一冊の本にしようということで、ブルトンが本書収録の序文を書き上げ、翌一九五〇年、「虎紳士」を含む二十一篇の短篇集が、わずか百部限定の非売品として、シネアスト・ビブリオフィル（「本を愛する映画人」）から刊行されたのである。しかし少部数非売品では流布することがないわけで、おそらくブルトンの推挽により、一九五三年二月、編集長のジャン・ポーランによって、同じブルトンの序文付きで、先述したガリマール書店から再刊されたのである。まさにブルトンとポーランという当時最高の文学の目利き、すなわち名伯楽の推挽によって世に出たわけだ。

このブルトンの序文を読むに、フェリーの作品に触発されて、自らの文明論を展開しながら、並々ならぬ情熱を感じさせるものがある。フェリーの各短篇によほど惚れ込んだとみえ、彼が『黒いユーモア選集』で、フェリー本人が敬愛するルイス・キャロル、フランツ・カフカ、アルフレッド・ジャリ、レーモン・ルーセルと同列に加えるという高い評価をフェリーに与えているのも頷けるのである。ちなみにこの序文は評論集『野の鍵』に「機関士」と改題されて収録されている。

さて本書は、さすがに名作短篇集だけあって、最近の二〇一〇年にボルドーの出版社フィニチュード社（Editions Finitude）から新装版が刊行され、そのわずか三年後の二〇一三年に英訳のペーパーバック版がニューヨークのウェイクフィールド・プレス（Wakefield Press）から刊行されている。双方ともブルトンの序文は割愛されているが、現代フランスのコラージュ作家、クロード・バラレの挿絵二十点が新たに掲載され、これは本書にも転載させていただいた。往年のジャック・プレヴェールのコラージュを想起させる雰囲気もあり、少しでも読者の読む気をそそるよう掲載した次第である。

*

著者のジャン・フェリー（Jean Ferry：一九〇六〜七四）について付記しておこう。多才な彼には、様々な顔があり、肩書きなるものを私なりに並べてみると、映画シナリオライター、作家、レーモン・ルーセルの先駆的研究者、コレージュ・ド・パタフィジックの著名な会員など、それぞれ鬼才と言うにふさわしい活躍を見せ、どこから彼を語ったらよいのか悩むのであるが、まずは順序良く生い立ちから始めるとしよう。

ジャン・フェリーは、愛書家の銀行員を父として南仏のカパンに生まれ、フランス北東部の町ナンシーで育った。同年代の同郷の友人に、ジョルジュ・サドゥールやアンドレ・ティリオンがいて、彼らは一九二〇年代半ばの二十歳前後に早々とパリに出て、シュルレアリスム・グループを通じて政治運動に参加（後年、二人とも共産党系左翼に変貌）していたが、二十歳頃のフェリーは海に臨む商船会社の電信オペレーターとして勤務、無限の海洋と航海に夢を馳せ、政治よりも、デスノスの詩や、ジュール・ヴェルヌ、レーモン・ルーセルを愛する内省的な文学青年であった。

彼の叔父に書店主兼出版人のジョセ・コルティがいて、コルティは一九二五年、パリにその名のとおり、ジョセ・コルティ書店を開業、ブルトンやアラゴン、エリュアールらシュルレアリストの出版を手掛けていて（後年はジュリアン・グラックの作品をすべて出版したことで知られる）、その関係であろうか、フェリーは一九三〇年、二十四歳の時にパリに出、雑誌「映画批評」に処女評論を発表する。先述した同郷の友人ジョルジュ・サドゥールと同様、シュルレアリスム系前衛映画のファンであったフェリーは、映画のセット・マネージャーなど、映画関係の仕事に就き、やがて文才を見出されて脚本・脚色の補助として頭角を現していくのである。一九三三年頃、ルイス・ブニュエルの映画『黄金時代』の助監督を務めた人物の紹介で、シュルレアリスム・グループの集会場所であるブランシュ広場の「カフェ・シラノ」に定期的に出入りしていたというが、フェリーは生涯にわたって、シュルレアリスムに賛同を示し、大きな影響を受けつつも、グループとは一定の距離を保ち続けた。

フェリーは以後、映画シナリオの仕事を生涯続けていく。これは一つには生計を維持するための手段でもあったわけだが、それにしても、独特なストーリー・テーリングでアイロニーや風刺を効かした作風は鬼才と言うにふさわしく、これは本書短篇にも奇抜な物語作家としての本領が発揮されている。

映画の脚本・脚色の主な事績を挙げると、まずは名作として有名な『天井桟敷の人々』(一九四四)。これはマルセル・カルネとジャック・プレヴェールによる脚本と記録されているが、実は彼らを全面的に補佐したのがジャン・フェリーであった。続いて、フランスのヒッチコックと謳われたアンリ＝ジョルジュ・クルーゾーとタッグを組み、『情婦マノン』(一九四九)など数作の映画作りに邁進する。そのうち最も有名なのがフィルム・ノワールの傑作『犯罪河岸』(一九四七)だ。すでに初老の域に達していた名優ルイ・ジュヴェを刑事役として際立たせ、レスビアンの女写真家を登場させたのもフェリーの手腕と言われており、一見の価値があるだろう。

この他、参考に代表的なシナリオ作品を以下に列挙しておこう。クリスチャン・ジャック監督の『女優ナナ』(一九五五)、『ナタリー』(一九五七)、『バベット戦争へ行く』(一九五九、ブリジット・バルドー主演)、『戦場を駈ける女』(一九六一、ソフィア・ローレン主演)、ルイス・ブニュエル監督の『それを暁と呼ぶ』(一九五五)、ルイ・マル監督の『私生活』(一九六二、ブリジット・バルドー主演)などがある。さらにまた、鋭い映画批評眼の持主でもあるフェリーは、シュルレアリストであったアド・キルーの名著『映画のシュルレアリスム』(一九五三)の序文を書いていること(邦訳書には序文が割愛されている)を申し添えておこう。

しかし、先述したように、生計維持の一手段でもあった、これら映画の仕事を続けるかたわら、若年期からのフェリーの最大の関心事はレーモン・ルーセルであった。ルーセルが敬愛していたジュール・ヴェルヌを若い頃から耽読し、さらにルーセルに引き入れられた彼は、おそらく自らとの精神的類縁を感じたのであろう、一九三〇年代半ばから、随時、ルーセルに関する試論を、関係雑誌等に発表していくのである。

そして、それに目を付けたのが、またしてもアンドレ・ブルトンであった。ブルトンと言えば、一九二〇年代初頭に最も早くルーセルを高く評価した人物だけに、そのブルトンが四半世紀の歳月を経て、フェリーのルーセル研究に着目するのは尋常なことではない。

そして一九四八年、『黒いユーモア選集』増補版発表より二年も早いこの年、ブルトンは「まわり破風」(*Fronton-virage*)と題して、フェリーのレーモン・ルーセル研究への長いオマージュ文を発表するのである。冒頭から、サドの精神やテクストに奥深く肉迫してサド復活に大きな足跡を残したモーリス・エーヌを賞揚し、それがルーセルに対するジャン・フェリーの姿勢を思い浮かべるという趣旨が書かれており、破格というべき褒めようである。

さらにまた、フェリーの眼を通して、ルーセルの世界を見つめ直し、フェリーがいかにルーセルに肉薄し得る特異な感性と才能を持っているかを説き明かしていく。特にルーセルの最晩年の作品『新アフリカの印象』の長大な詩句のうち、たったの三行についてフェリーが十年間考え続けていたことを引き合いに出し、約六百行の詩行に係るフェリーの解釈の明敏さを褒め称えている。それに加え、ルーセルと隠秘学的思考との関連性を独特のアプローチで展開し、これがフェリーの卓越した洞察から導き出したものであり、この観点から今後徹底的にルーセルの作品を再検討しなければならないと結んでいるのだ。

このブルトンの長いオマージュ文は、一九五三年（ちょうどガリマールから『機関士、その他物語』が出た同じ年）、フェリーがこれまで書き溜めた試論を『レーモン・ルーセルについての研究』と題して一冊にまとめ、エリック・ロスフェルドのアルカンヌ社（シュルレアリストのパトロン的出版社。ひょっとすれば、この本もブルトンの推挽かもしれない）から刊行する際、そのまま序文として収録されたのである（まさに同じ年にブルトン序文付きの本を二冊発表したのはフェリーぐらいだろう）。

かくして、その後もフェリーのルーセル研究は続いていく。十年後の一九六三年、コレージュ・ド・パタフィジックから『レーモン・ルーセルについてのその他研究』、一九六七年にはJ・J・ポヴェールから『印象のアフリカ』を発表、一九七四年に亡くなるまで、ルーセル作品への思索はまさに生涯留まることはなかったのである。しかも彼の研究は、今やルーセル研究者にとって外すことのできぬ先駆的業績となっている。本書収録の「天国のレーモン・ルーセル」は、生涯苦しみ抜いて書かずにはいられなかったルーセルの実像と、自ら命を絶ったルーセルの内実を深く探査したフェリーならではの鎮魂のオマージュであろう。
この他、フェリーは、一九四八年、レーモン・クノーやノエル・アルノーらが結成したとされる「コレージュ・ド・パタフィジック」にも加盟している。パタフィジック（超形而上学又は空想科学）とは、言うまでもなくアルフレッド・ジャリの『フォストロール博士言行録』から由来するもので、分かりやすく言えば、この世の常識や形而上学なるものに風穴を開けて土台を覆すようなユーモアやナンセンス、パロディなど、強烈な表現方法を研究するようなグループと言えばよいだろうか。ウジェーヌ・イオネスコやミシェル・レリスなど多くの人士が加入し、一九五二年には、ボリス・ヴィアンも正式加盟しているが、フェリーは領袖格のクノー同様、コレージュ・ド・パタフィジックで発表活動もしており、重鎮のような存在であったという。

さらにその言語遊戯的な発展形とも言える「ウリポ」（ポテンシャル文学工房 Ouvroir de Littérature Potentielle の略）という実験文学集団がクノーらを領袖に一九六〇年に結成され、一九七二年にフェリーが同集団に客員として招かれたことも参考に付け加えておこう。おそらく長年にわたるルーセル研究と、パタフィジックな作風を匂わせるフェリーの多彩な言語的才能に注目したからであろう。

＊

もうひとつ、アンドレ・ブルトンとジャン・フェリーとの思わぬ関わりについて紹介しておこう。ブルトンの最も有名な詩篇のひとつに『自由な結合』（一九三一年）と題する長詩があるのをご存じの方も多いだろう。

わたしの女は　火の髪の毛　樹の髪の毛
そして　熱の閃《ひらめ》きの思想
わたしの女は　砂時計の体躯《からだ》
［中略］
わたしの女は　白鳥の背の臀《しり》
わたしの女は　春の臀
そして、グラディオラスの性器《セックス》
わたしの女は　金鉱床《きんこうしょう》の性器　鴨嘴獣《かものはし》の性器
藻類《そうるい》の性器　古いボンボンの性器
［中略］

わたしの女は　つねに斧《おの》の下にある樹の眼
水準器《すいじゅんき》の眼　空気と土と火の　水準器の眼

（澁澤龍彦訳より）

「わたしの女は」すなわち《ma femme：マ・ファム》と呪文の連禱のように繰り返されるこの六十行に及ぶ究極の愛の長詩が、日本では「愛の詩について」と題する澁澤龍彦のエッセイによって、一気に有名な作品となったわけだが、このような素晴らしい詩が書けたのは、作詩当時のブルトンに必ず愛する対象がいたはずだ、その時のブルトンの女とは誰なのか、誰がモデルだったのかという詮索が、フランス本国のみならず、日本でも話題になったものである。

当初、その女性はブルトンと大恋愛をしたシュザンヌ・ミュザールではないかと言われていたが、詩の原稿に一九三一年五月二十一日〜二十二日と署名があることから、すでにその頃はシュザンヌと離別状態にあって確証が得られないままであった。ところがブルトン没後、国立図書館に保存されていた初版本（匿名で横長の小冊子として七十五部発行）に、「ここで予言されているわたしの女マルセルへ。自由とは必然を認識することでしかない」というブルトンの献辞が発見され、当時、一緒に暮らしていたマルセルという女性であったことが判明したのである（かといって、離別したシュザンヌへの追憶で詩が書かれたかもしれず、あるいは愛した女性たちの総合体として書かれたかもしれないわけで、モデルを特定するのはいささかナンセンスな話だが)。

前置きが長くなり過ぎたが、実はこのマルセルという女性が、後年、ジャン・フェリーの伴侶となり《リラ(Lila)》と名乗る女性であったのだ。アンドレ・ティリオンは彼女のことを「カーニバルの時のように化粧して着飾った知的な女性」と言い、さらにブルトンとの交際当時、シュルレアリストの間でQ&Aゲームが流行ったことがあったが、それを発案したのが彼女だと言われており、ブルトンが「美とは何か?」と問うと、「空における叫び」と彼女は返答したという。さすがブルトンに詩的霊感をもたらすだけあって、感性鋭く、痙攣的な美を思わせる非常に魅力的な女性であったようだ。

フェリーの妻となったのちも、彼女の自由さと大胆さを伴った圧倒的な美しさに打たれたと か、一度見たら二度と忘れられないエキセントリックな女性だった、など、パリでフェリー夫妻の姿を目撃した証言が残されている。

さて、ここで読者はお気づきだろうか。本書冒頭にある献辞が「リラに」と記されているのを。まさにこの短篇集は愛妻に捧げられているのだ。しかも本書収録の掌篇「紅柘榴石《カーバンクル》」に、その名のとおり、リラという女性が登場しているのをお気づきだろうか。つまり、この作品は彼女に触発され霊感を受けた美しい詩的散文になっているのだ。ポエジックにもかかわらず、リラがどんな女性か、鮮やかにイメージできる手腕に唸らざるを得ない。これは妻であるリラに捧げられた愛のオマージュとも言えるだろう。
ブルトンも当然このことは知っているわけで、かつての恋人の後半生に感慨深いものがあったであろう。そしてブルトンが序文の最後にこう書いているのをお気づきだろうか。「私たちが女性について持ち得る唯一の感覚が、性的魅力によって与えられるという意味で、ここで女性は宇宙の極のひとつと見なされている。この魅力の媒体として機能する女性の瞳は、あらゆる次元を超越しようとしているのだ…」。まるでかつて自らが書いた『自由な結合』のヒロインの瞳と二重映しになってはいないだろうか。

さらにブルトンは、先述したフェリーのルーセル研究へのオマージュ文「まわり破風」において、またしても短篇「虎紳士」の世界に触れ、こう書いているのである。「…この世界は、もっぱらパニックへ通じている。舞台の脇では、ただひとつ女のすがたが炎のように燃え上がっているが、これは『破戒僧《マンク》』のマチルドであろうか、それとも『罪のなかの幸福』のヒロインであろうか?」と。

『破戒僧《マンク》』は言わずと知れたマシュー・グレゴリー・ルイスの暗黒小説《ロマン・ノワール》の傑作で、マチルドは修道士を誘惑する背徳的な男装の美女。もう一方はバルベー・ドールヴィリー『魔性の女たち』収録の名篇で、このヒロインは紫の手袋で黒豹の鼻を叩いて黙らせる大胆不敵な美女だ。これらはブルトンが偏愛する作品で、そのヒロインになぞらえるのは、よほど「虎紳士」の猛獣使いの女が彼にとって魅力的なのであろう。猛獣使いの女の容姿が、マルセル＝リラを髣髴とさせるからであろうか、いずれにせよ、ブルトンとフェリーの二人の男だけがはっきりと分かっていることは疑いがなく、彼ら二人の男の感性が、女性観だけでなく、詩的霊感の面においても想像以上に似通っているらしいことを示唆しておこう。

＊

このたび、私がこの短篇集を全訳しようと思ったのは、短篇「虎紳士」を生田耕作訳で読んだことがきっかけとなっている。一九七〇年白水社刊『現代フランス幻想小説』に、生田耕作氏は、マンディアルグの「ダイヤモンド」、マルセル・ベアリュの「首輪・まどろむ乗客」とともに、「虎紳士」の翻訳を発表しており、私は後年それを読んで、いたく感銘を受け、他の短篇も読みたいと思い、先述したガリマール書店刊初版本を古書で取り寄せて読んでみたところ、いずれの短篇もすこぶる面白く、全篇を翻訳して世に出したいと思ったのである。まさか生田氏名訳の短篇「虎紳士」を新たに翻訳し直すなど到底不可能であり、ちょうど今年が生田耕作生誕百年、没後三十年の節目に当たることから、記念として「虎紳士」を再録させていただき、あとの全篇を拙訳により本邦初訳として世に出した次第である。

実は、短篇「虎紳士」は、生田訳より一足早く、一九六九年国文社刊『黒いユーモア選集』

下巻に宮川明子訳によって収録されていたのだが、同じ短篇が著しく翻訳が異なるせいで、私はこの訳文も読んだはずなのに感銘を受けた覚えがなかったのである。それもそのはず、「虎紳士」の原題は、《Le Tigre Mondain》、直訳すれば「社交界の虎」となり、宮川訳による表題が文字通り「社交界の虎」と訳されていて、本文訳もこの調子だったので、私にはその良さが分からなかったからだ。

一年早く発表された宮川訳を生田氏が読んだかどうか定かではないが、もし読まれていたなら、「社交界の虎」という意味不明瞭な翻訳題に首を傾げていたことだろう。それにしても「虎紳士」という翻訳題は、意訳ながらも決して原題のニュアンスから外れておらず、私などは、思わず日本の読者の語感のツボを心得た生田訳の凄みを感じたものである（できれば、本書の生田訳「虎紳士」と、先述の宮川訳［現在は河出文庫『黒いユーモア選集』下巻所収］を比較されれば更に違いが納得されるであろう）。

かくいう私も偉そうなことを言えるわけではなく、生田訳「虎紳士」に加えて二十篇もの拙訳を肉付けし、ブルトンの序文まで訳すという恐れを知らぬ挙に出たわけで、生田訳に比して、いささか見劣りのする訳文にあらかじめ読者のご寛恕を乞う次第である。ただ、フェリーの物語作家としての本領がいかんなく発揮されているせいで、全篇にわたって、楽しく訳させていただいたことを告白しておこう。

全篇の内容については、ブルトンが序文でかなり詳しく述べており、あえて訳者が云々せずともよいわけだが、私などは「見知らぬ人への手紙」「ロビンソン」「ベデカーへのオマージュ」「ラパ・ヌイ」など、島や気球を素材とした短篇に、フェリーが鍾愛するジュール・ヴェルヌの傑作『神秘の島』を思い浮かべてしまう。ただし、フェリー一流の捻《ひね》りでまったく異なった内容になっていることは言うまでもなく、特に「ロビンソン」は、生き延びる術をすべて放棄するわけで、これは近代文明に冒されていない無人島を文明化することへの究極の拒否姿勢であると言えなくもない。近代文明の産物である救助隊に眠りを破られるラストは皮肉が効いていて、思わず〈上手い!〉と唸ってしまうのである。

本書でフェリーは実に様々な手の内を明かしている。その豊饒な発想と技巧に感嘆するわけだが、「荷物を持った旅人」は、本書で最も実験を試みた作品であろう。物語の半ばまでは意味が取れるのであるが、後半はドッペルゲンガーの幻覚や記憶と意識の混濁といった、ありとあらゆる妄想・錯乱の内的地獄を、ほとんど整理せずにそのまま文字化するという実験的な挙に出ていて、その支離滅裂さが語り手の内的現実そのものであるという、ある意味、読者を拒否した内容となっている。

その渦中にトランクが出てくるのであるが、私などはそれをヴェルヌの『神秘の島』でネモ船長が漂流民に送ったトランク(道具箱)になぞらえられているように思えてならない。すなわち、無人島漂流民への植民化・文明化を促す様々な道具が入ったトランクであって、ここで語り手はそのトランクに恐ろしい強迫観念を抱くのである。この作品はある意味「ロビンソン」と通底しているという見方もできるかもしれない。

また「文学という立派な職業の失敗」においても、ラストにおいて、センテンスの途中、コンマなしで作品を終わらせるという、斬新な手法を取っており、私などはそこに、職業作家を嫌悪していたブルトン同様、文学を職業とすることへの痛烈な皮肉を感じるのだが、いかがであろう。

このように、各短篇を云々すれば尽きることがないので、このあたりで筆を擱くが、フェリーの短篇は奥が深く、いろんな読み方が可能であって、読者もその珍味とスパイスの効いた献立を堪能されたいと思う。味わっているうちに、目に見える現実のあまりの儚さ、脆さ、その崩壊のたやすさが実感されていくことであろう。

「われわれは皆、おそろしく不安定な均衡のなかにあり、それはごく些細なことでこわれかねないのだ」。この「虎紳士」中の言葉は、発表から七十余年が経過した今でこそ、よけいに真実味を増している。危うい均衡が些事によって崩れ去ると、たちまち虎の咆哮と暴動が炸裂する世界。現代の私たちがそういう地球上の世界に生きることを余儀なくされている以上、本書に拡がる幻視者《ヴィジョネール》たちの宇宙に、この世の価値観の転覆に繋がる契機を見出すことはますます重要になっている。なぜなら、その欲求こそが《人間全般を家畜化する趨勢に対抗する個人的な反抗を最大限に発揮し得るもの》であろうから。

生田耕作先生三十年目の鴨東忌に――　二〇二四年十月二十一日

ジャン・フェリー｜Jean Ferry (1906〜1974)

フランスの作家、レーモン・ルーセル研究家。シュルレアリスムの影響のもとに数作の短篇小説、戯曲、評論を著わした。代表的な著作に短篇集『機関士、その他物語』(1950)［本書『虎紳士』］、若年時からのルーセル研究の成果である『レーモン・ルーセルについての研究』(1953)、『レーモン・ルーセルについてのその他研究』(1963)、『印象のアフリカ』(1967) などがある。特に前二作はアンドレ・ブルトンの序文付きで刊行されるとともに、『黒いユーモア選集』にジャン・フェリーの項目が新たに加えられ、ブルトンに絶賛された。映画作家としても活躍しており、主なシナリオ作品に、アンリ＝ジョルジュ・クルーゾー『犯罪河岸』(1947)、ルイス・ブニュエル『それを暁と呼ぶ』(1955)、ルイ・マル『私生活』(1962) などがある。レーモン・クノーを領袖とする「コレージュ・ド・パタフィジック」の著名な会員であり、叔父にシュルレアリスム系書店主兼出版人ジョセ・コルティがいる。

生田耕作｜いくた・こうさく

1924年京都市生まれ。京都大学文学部仏文科卒。仏文学者。京都大学教授として教鞭をとる傍ら、バタイユ、マンディアルグ、セリーヌなどの紹介につとめるが、編集著の猥褻性をめぐって大学と決別。自ら出版社「奢灞都館」を設立して孤高の立場を貫く。主要著書に『るさんちまん』『黒い文学館』『ダンディズム』、主要訳書にバタイユ『マダム・エドワルダ』『眼球譚』、ブルトン『超現実主義宣言』、セリーヌ『夜の果てへの旅』、マンディアルグ『オートバイ』『余白の街』、ジュネ『葬儀』、サンドラール『世界の果てに連れてって!…』、レーモン・クノー『地下鉄のザジ』など多数。1994年逝去。

松本完治｜まつもと・かんじ

1962年京都市生まれ。仏文学者・生田耕作に師事し、大学在学中の1983年に文芸出版エディション・イレーヌを設立。2016年には、アンドレ・ブルトン没後50年を期して、アニー・ル・ブラン来日講演を主宰した。主要著書に『シュルレアリストのパリ・ガイド』(2018) の他、アンドレ・ブルトン、ロベール・デスノス、ジャック・リゴー、マンディアルグ、ジョイス・マンスール、ジャン・ジュネ、ラドヴァン・イヴシックなど編・訳書多数。

虎
紳
士

発行日	2025年2月18日
著者	ジャン・フェリー
訳者	生田耕作
	松本完治
発行者	月読杜人
発行所	エディション・イレーヌ　ÉDITIONS IRÈNE
	京都市右京区嵯峨新宮町54-4　〒616-8355
	電話：075-864-3488　e-mail：irene@k3.dion.ne.jp
	URL：http://www.editions-irene.com
印刷	モリモト印刷（株）
造本設計	佐野裕哉
定価	3,200円＋税

ISBN978-4-9912885-3-1 C0097 ¥3200E